DEINE FRAGEN SOLLTEN NICHT UNBEANTWORTET BLEIBEN

WAS ICH SCHON IMMER ÜBER ALLAH WISSEN WOLLTE

Özkan Öze

Übersetzerin: Esra Ardic

illustration: Sevgi İçigen

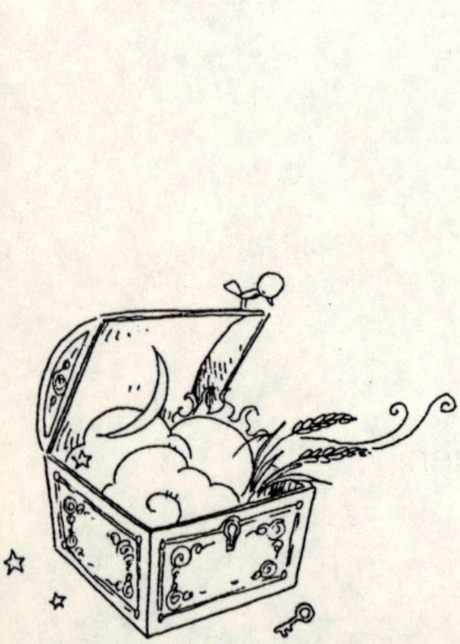

uğurböceği yayınları

Verlagsnummer: 100
WAS ICH SCHON IMMER ÜBER ALLAH WISSEN WOLLTE-1

Herausgeber: Ergün Ür
Korrektur redaktör: Bettina Krause
Design und layout: Zafer Yayınları
İsbn: 978 605 5523 12 1
Sertifika no: 14452

Der Ugurböcegi Verlag ist ein Unternehmen der Zafer Verlagsgruppe.
Talatpaşa mah. İmrahor cad. Terasevler Sitesi No:1-A Kağıthane /İstanbul
Tel: (+90 212) 446 21 00, Fax: (+90 212) 446 01 39
http://www.zafer.com e-mail: zafer@zafer.com

4. Auflage: Oktober, 2015
Druck: Erkam Yayın Sanayi ve Ticaret A.Ş. (0212) 671 07 00
Printing Zertifizierung: 19891

Inhalt

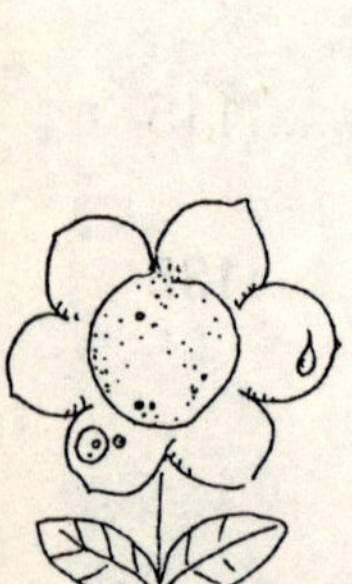

Ein kleines Gespräch

Mein sohn fragte mich vor kurzem: „Wieso kann ich Allah nicht sehen, Papa?". Diese Frage kam so unerwartet, dass ich nicht wusste, wie ich sie beantworten sollte. Eigentlich kannte ich die Antwort auf diese Frage, doch als er sie so plötzlich stellte, kam nur ein „Ähm, also..." aus mir heraus. Mit erwartungsvollen großen Augen sah mich an. Als wolle er sagen: „Na los, komm schon, antworte doch!" Ich stotterte noch eine Weile herum – mir haben schlicht die Worte gefehlt. Schließlich hatte ich einen Geistesblitz:

„Deine Augen sind sehr klein, wohingegen Allah sehr groß ist! Genau das ist die Antwort auf deine Frage! Deswegen kannst du Allah nicht sehen!", erklärte ich.

„Eeecht? Ist das so?“, erwiderte er. Dabei drehte er die Spiderman-Figur in seiner Hand hin und her. Danach verschwand er wieder in seinem Zimmer, als hätte er nichts gefragt. Ich beruhigte mich selbst mit dem Gedanken, dass vielleicht einem Kind in seinem Alter eine solche Antwort genügte.

Für den Augenblick hatte ich die Situation gemeistert. Doch mit fortschreitendem Alter würde er mir sicherlich etliche neue Fragen über Allah stellen. Also musste ich mich jetzt schon vorbereiten.

So entstand also die Idee zu diesem Buch durch die überraschende Frage: „Wieso kann ich Allah nicht sehen, Papa?“. Während mein Sohn dann heranwächst, würde ich zukünftig immer eine Antwort auf die wichtigsten aller Fragen, „Fragen über Allah“, parat haben. Außerdem wäre er durch solch ein Buch, nachdem er Lesen gelernt hat, jederzeit selbst in der Lage, Antworten zu finden.

Und am wichtigsten ist: Wenn ich es schaffen würde, meine Überlegungen in einem Buch für Kinder zu bündeln, hätten nicht nur mein Sohn und meine Tochter etwas davon, sondern alle Kinder.

Im Übrigen stellen auch viele Erwachsene solche Fragen. Manche suchen nach Antworten und werden fündig. Andere behaupten einfach: „Auf solche Fragen gibt es keine Antwort!" und diese unbeantworteten Fragen kreisen als Unsicherheiten ein Leben lang in ihren Köpfen. Aber hiervon könnt ihr ausgehen: Wenn euch eine Frage einfällt, gibt es garantiert eine Antwort darauf. Jawohl, auch Erwachsene stellen solche und ähnliche Fragen. Deshalb solltet ihr dieses Buch ab und zu dorthin legen, wo es euren Eltern ganz einfach zugänglich ist. Macht euch anschließend aus dem Staub. Eure lieben Eltern werden die Umgebung erst einmal in Augenschein nehmen, dann euer Buch zur Hand nehmen und beginnen darin zu stöbern. Man sagt ja nicht umsonst „Zum Lernen ist niemand zu alt!" oder?

Bevor ich euch mit diesem Buch alleine lasse, möchte ich euch etwas Wichtiges sagen, das ihr nie vergessen dürft: Fürchtet euch nie davor, Fragen zu stellen und hört nicht auf damit, denn die Frage ist ein Schlüssel. Jede Frage öffnet euch eine Tür. Und hinter jeder Tür verbirgt sich eine neue Welt.

Habt bloß keine Angst vor Fragen! Zieht an der Schnur aus Fragen, so gut ihr nur könnt. Am anderen Ende verbirgt sich eine gewaltige Antwort. Die Hauptsache ist, ihr bemüht euch alle Hindernissen auf dem Weg zur richtigen Antwort zu überwinden. Dazu müsst ihr Fragen stellen, nachforschen und viel lesen.

Hinzu kommt, dass das Fragen zugleich ein Gebet ist. Es bedeutet: „Ich möchte lernen!" „Ich möchte verstehen!" „Ich möchte vertrauter werden, um noch mehr lieben zu können!" Sprecht ganz viele solcher Gebete, damit euer Geist und eure Seele mit dem Licht des Wissens durchflutet werden und euer Weg immer hell erleuchtet ist.

In diesem Buch, mit dem Titel „WAS ICH

SCHON IMMER ÜBER ALLAH WISSEN WOLLTE“, versuchen wir ein paar Antworten auf Fragen bezüglich unseres Schöpfers Allah zu finden.

Diese Fragen wurden aus den am meisten Neugierde weckenden und meist gestellten ausgewählt.

Gewiss fallen jedem von euch noch ganz andere Fragen ein. Mit dem Versprechen, dass diese ganz anderen Fragen in ganz anderen Büchern geklärt werden, wünsche ich euch allen im Namen des Uğurböceği Verlags ein schönes Leben, in dem ihr nie verzagt Fragen zu stellen.

— Özkan Öze
Istanbul, 2008

Wieso kann ich Allah nicht sehen?

Du möchtest ALLAH gerne sehen? Ohne Zurückhaltung darfst du mit „Ja, ich möchte Allah gerne sehen!" antworten. Denn ich kann das verstehen und gebe dir Recht, weil ich Allah auch gerne sehen würde. Auch ich bin natürlich neugierig auf

Allah, Der diese hell strahlende Sonne, wie eine Lampe über die Welt gehängt hat. Ist es überhaupt möglich, nicht neugierig auf Allah zu sein, Der die dunklen Nächte mit einem Mond und Milliarden von Sternen erleuchtet und schmückt? Schau dir diese Welt an! Wie

ein gigantischer Basketball schwebt sie im Weltall. Ach, was sag ich bloß! Sie schwebt nicht, sondern dreht sich um die Sonne. Und zwar mit einer unglaublichen Geschwindigkeit. Ich möchte auch gerne Allah sehen, Der die Welt in dieser Leere des Weltraums festhält und ihr erlaubt sich zu drehen, ohne dass sie herunterfällt. Wie kann man sich nicht fragen, wer Allah ist, Der einen strahlend blauen Himmel über die Welt gehängt hat. Wer könnte nicht neugierig auf Allah sein, Der die Wolken an diesem strahlend blauen Himmel von links nach rechts wandern lässt, in denen so viel Wasser wie in Seen und Ozeanen gebündelt ist. Was könnte natürlicher sein, als Allah kennen lernen und sehen zu wollen, Der aus den Wolken tropfenweise Regen fallen lässt und jede Schneeflocke einzigartig erschafft?

Schau dir mal diese Bäume an. Obwohl sie mit ihren Wurzeln schlammiges Wasser aufsaugen, reifen zuckersüße Kirschen und Äpfel, pralle Birnen und Granatäpfel mit tausenden Samen an ihnen.

Wer würde Allah, Der diese ganzen Dinge zustande bringt, nicht gerne sehen?

„Wieso kann ich Allah nicht sehen?“, fragst du dich. Dein Verlangen, Allah sehen zu wollen ist berechtigt.

Ich kann das verstehen!

Ich möchte Allah auch gern sehen. Ich möchte Ihn besser kennen lernen, um Ihn noch mehr lieben zu können.

Schau dir diese schönen Blumen einmal an! Die Kamille, die Nelke, die Rose ... alle sind sie einzigartig.

Eine ist schöner als die andere. Natürlich weckt Allah, Der diese Blumen so kunterbunt, so wunderhübsch, so wohlriechend erschaffen hat, deine Neugier.

Ach du meine Güte, fast hätte ich es vergessen!

Schau dir die zwitschernden Vögel auf den Ästen der Bäume an!

Denk doch mal an die riesigen Störche! An die Möwen, denen du vom Schiff aus Brotkrumen zuwirfst ...

Schließe für einen Moment deine Augen und denke an alle Vögel, die du kennst.

Wie sie beim Fliegen mit ihren Flügeln schlagen, wie sie sich im Wind gleiten lassen, nicht wahr?

Manche haben so angenehme Stimmen.

Manche haben so wundervolles Gefieder.

Und andere machen so schöne Nester und pflegen ihre Küken so fürsorglich, nicht wahr?

Mehr als alles andere will ich wissen, wer Allah ist, Der diese Vögel, diese Schnäbel, Flügel, Krallen und Stimmen erschaffen hat. Du möchtest Ihn auch sehen und fragst dich: „Wieso kann ich Ihn nicht sehen?"

Verständlich, sogar sehr verständlich. Unsere Neugier ist sehr verständlich ...

Ist es nicht ein großes Wunder, wie du selbst aus einer winzigen Zelle, die sich geteilt und vermehrt hat, im Bauch deiner Mutter zu einem Baby herangewachsen bist?

Deine Hände und Finger, dein Gesicht, deine Augen, dein Mund, deine Zunge, deine Ohren, Haare und Augenbrauen sind an diesem dunklen Ort aus zwei Zellen entstanden, die sich geteilt und vermehrt haben.

Und dabei sind diese Dinge doch furchtbar kompliziert und verworren!

Dein Herz, deine Lungen, deine Nieren, dein Gehirn ...

Noch eine ganze Menge von Organen wurde in dich hinein gesetzt und zum Laufen gebracht. Jetzt bist du neugierig auf Allah und fragst: „Wieso kann ich Allah, Der mich und alles andere so schön erschaffen hat, nicht sehen?"

Verständlich, sogar sehr verständlich!

Gut, nun werde ich versuchen, die Antwort auf die Frage zu geben. Aber davor muss ich dich an einige Dinge erinnern. Du musst geduldig zuhören.

Denn du hast keine so leicht zu beantwortende Frage gestellt, mein Freund.

Deine Frage ist sehr groß.

Und Antworten auf solch große Fragen fallen selbstverständlich etwas größer aus.

•••

Alles hat seine Grenzen

Dir sind in jeder Hinsicht Grenzen gesetzt. Wie viel Kilo kannst du beispielsweise höchstens hochheben? Zwanzig, fünfundzwanzig, dreißig … Aber auf keinen Fall hundert. Und zweihundert schon mal gar nicht … Denn deine Arme und die Muskeln in deinem Körper können nur ein begrenztes Gewicht tragen. Diese Grenzen kannst du nicht überschreiten. Bei dem Versuch sie zu überschreiten, würdest du dir entweder etwas brechen oder unter dem Gewicht zusammenbrechen.

Auch, was du hören kannst, ist begrenzt. Du kannst die Stimme des Lehrers in deiner eigenen Klasse hören, aber die des Lehrers im Klassenzimmer gegenüber nicht.

So ist auch deine Stimme begrenzt. Schrei so laut du kannst; falls du eine Großmutter in einem weit entfernten Dorf hast, kann sie dich trotzdem nicht hören. Wenn du mit ihr reden möchtest, musst du sie anrufen oder sie im Dorf besuchen gehen. Natürlich kann deine Großmutter dich auch besuchen kommen.

Na gut, schauen wir uns mal deine Beine an.

Wie schnell kannst du laufen? Bist du so

Natürlich sind auch der Kraft deiner Beine Grenzen gesetzt. Selbst wenn du ein schneller Läufer bist, wirst du nach einiger Zeit müde und musst stehen bleiben.

Wie viele Gläser Milch kannst du auf einmal trinken? Zwei, höchstens drei, stimmt's?

Denn auch, was in deinen Magen passt, hat Grenzen. Hier eine Aufgabe für dich:

3 x 5 =?

Schon gut, schon gut! Kein Grund zum Lachen! Mir ist bewusst, dass diese Aufgabe sehr leicht war.

Dann löse doch mal diese Aufgabe:
2134594 x 777563=?
Was ist?
Wenn du nicht gerade einen Taschenrechner dabei hast, wirst du diese Aufgabe kaum lösen können. Aber keine Sorge, das ist völlig normal. Denn auch dein Verstand ist begrenzt. Manche Dinge verstehst du problemlos.

Einige Fragen kannst du auf der Stelle beantworten. Aber du kannst nicht jedes Thema sofort verstehen und jede Frage auf der Stelle beantworten. Manche Dinge kannst du unmöglich von alleine wissen. Du kannst sie bei Leuten erfragen müssen, die sich darin auskennen. Denn, wie schon gesagt, selbst dein Verstand ist begrenzt

Wie du dir bestimmt schon denken kannst, sind jetzt deine Augen an der Reihe.

Meinst du nicht, deren Sehvermögen ist auch begrenzt? Kannst du alles, was du möchtest, auf einen Blick sehen?

Wenn man mal darüber nachdenkt und gegenüberstellt, was wir sehen und nicht sehen können, dann könnte man behaupten, wir seien „fast blind". Du brauchst dich gar nicht so zu wundern! So ist es nun einmal. Schau mal: nach groben Schätzungen der Wissenschaftler, leben wir in einem Universum mit einem Radius von 15 Milliarden Lichtjahren. Dass das eine sehr große Zahl ist, ist jedem mehr oder weniger klar, aber zu verstehen, welche Ausmaße das sind, ist wirklich schwer.

Nun, über 70% dieses Universums – mit einem Radius von 15 Milliarden Lichtjahren – werden wir nie etwas wissen. Wir können es nicht sehen! Diesen 70% haben die Wissenschaftler einen Namen gegeben: „Dunkle Energie"! Von den verbleibenden 30% werden 25% als „Dunkle Materie" bezeichnet. Diese sogenannte Dunkle Materie können wir ebenfalls unmöglich sehen. Nun bleiben 5% übrig. Alles, was wir sehen und hören, fällt unter diese 5%. Aber sei nicht zu voreilig mit einer Aussage wie: „Tja, immerhin!" Denn das menschliche Auge erfasst nicht einmal diese 5% vollständig. Wir können gerade mal einen Bruchteil dieser 5% sehen.

Wie schon zu Anfang erwähnt, sind wir angesichts des Universums fast „blind".

Stell dir das so vor: Alles, was wir mit unseren Augen sehen und jemals sehen werden, ist nicht einmal annähernd so weit wie die Fläche, auf die eine Ameise, die auf diesem Erdball umher wandelnd, mit nur einem ihrer Beine tritt

Wir können also nicht einmal das Universum, in dem wir leben, vollständig sehen; wie soll es dann möglich sein Allah zu sehen, der dieses Universum erschaffen hat und Ihm nichts, was Er erschaffen hat, ähnelt?

Allah sieht man mit bloßem Auge nicht

Manche Menschen sagen: „Ich glaube an nichts, was ich nicht sehe!" „Ich glaube an nichts, was ich nicht sehe. Wenn ich Allah nicht sehen kann, dann glaube ich auch nicht an Allah!"

Das ist eine äußerst unsinnige Aussage. Denn es gibt so viele Dinge, die wir nicht sehen können, von denen wir jedoch mehr als sicher sind, dass es sie gibt …

Lasst uns direkt mal ein paar aufzählen:

DIE SCHWERKRAFT
DER VERSTAND
DIE LIEBE
DIE GLÜCKSELIGKEIT
DIE ZÄRTLICHKEIT
DIE VORSTELLUNGSKRAFT

Du kennst diese Dinge, die ich aufgezählt habe, sehr gut, oder? Keines dieser Dinge war aber je für dein Auge sichtbar. Das heißt also:

nicht alles muss mit bloßem Auge zu erkennen sein; wir sehen ohnehin fast nichts, aber das hatten wir ja schon …

Nur weil wir Dinge nicht sehen, heißt das nicht, sie würden nicht existieren. Zweifellos ist Allah unser Schöpfer, an Dessen Existenz wir glauben, auch wenn wir Ihn nicht sehen können.

Wir müssen Allah doch nicht sehen können, um an Ihn zu glauben!

Ja, wir müssen Allah nicht sehen können, um an Ihn zu glauben. Ich versuche dir das an einem Beispiel deutlich zu machen.

Ich hoffe, mein Beispiel wird Licht ins Dunkel bringen, sodass du die Antworten ganz leicht erkennst. Komm, lass uns zusammen auf eine Kunstausstellung gehen. Schau dir mal an, was für schöne Bilder die Künstler gemalt haben.

An der gegenüberliegenden Wand hängt ein riesiges Gemälde, auf dem ein kleiner Hügel mit Kamillen, die mit goldfarbenen Blütenköpfen geschmückt sind, abgebildet ist. Dazu der strahlend blaue Himmel über dem Hügel, der bedeckt ist mit Wölkchen, die so weiß sind wie die Blüten der Kamillen selbst!

Und da sind auch braune Vögel, die am Horizont fliegen. Dutzende Vögel... In der Ferne ein leuchtend grüner Wald...Jetzt stelle ich dir mal ein paar Fragen. Einige davon werden dir sehr unsinnig vorkommen. Das ist aber gar nicht schlimm, beantworte sie einfach trotzdem!

- Dieses Gemälde ist wunderschön, nicht wahr?

- Ja, sehr schön!

- Wer hat es denn gemalt?

- Ein Maler natürlich!

- Hast du ihn gesehen?

- Nein!

- Wie kannst du dir dann so sicher sein, dass es ein Maler war?

- Weil es so sein muss! So ein Gemälde kann nur von einem Maler stammen; deshalb bin ich mir so sicher!

- Aber du hast den Maler nicht gesehen!

- Ich habe aber das Gemälde gesehen. Die Kamillen, den Himmel, die braunen Vögel und die Wolken habe ich gesehen! Es ist doch unmöglich, dass sie von alleine auf das Bild gekommen sind.

- Okay, aber können die Farbbüchsen und Pinsel auf dem Tisch da drüben nicht eines Tages auf die Idee kommen, ein Gemälde zu erstellen, nachdem sie lange Zeit einfach nur herumstanden?

- Du hattest mich schon vorgewarnt, dass einige deiner Fragen unsinnig sein würden, aber mit so viel Unsinn auf einmal hatte ich nicht gerechnet. Nicht einmal ein Pinselstrich wäre auf diese Art möglich, geschweige denn gleich ein ganzes Gemälde.

- Bist du dir sicher?

- Ganz sicher! Damit so ein Gemälde entsteht, bedarf es einen Maler.

- Aber der Maler ist nirgendwo zu sehen. Nicht, dass er irgendwo im Gemälde steckt.

- Wie soll das denn gehen? Was hat der Maler im Gemälde zu suchen! Der Maler muss irgendwo außerhalb des Gemäldes sein.

- Dann schau dir mal diese Pinsel und Farben an. Nicht, dass der Maler einer von ihnen ist!

- So ein Quatsch! Selbst wenn diese Farbbüchsen und diese Pinsel Milliarden von Jahren hier herumstehen würden, kämen sie nicht auf die Idee, so ein Gemälde zu erstellen.

- Wieso?

- Na, weil sie keinen Verstand besitzen! Weil sie nicht die Fähigkeit dazu haben. Weil sie leblose Gegenstände sind!

- Du hast sehr schöne Antworten gegeben. Lass uns die Ausstellung jetzt verlassen. Schau, wo wir gelandet sind! Da ist der Fuß eines kleinen Hügels. Alles ist mit Kamillen geschmückt … Der Himmel ist strahlend blau. An diesem blauen Himmel hängen dutzende schneeweißer Wolken. Die Wolken sind so weiß wie die Kamillen! Und sieh dir mal erst diese zwitschernden Vögel an, wie fröhlich sie umherfliegen. Hier sieht es fast so aus wie auf dem Gemälde, das wir uns gerade angesehen haben, nicht wahr?

- Ja, aber hier ist es viel schöner. Es fängt schon damit an, dass alles hier lebendig ist.

- Findest du diese Landschaft schöner oder ihr Abbild auf dem Ölgemälde?

- Natürlich diese!

- Wenn es also unmöglich ist, dass dieses Gemälde von allein entstanden ist, ist es deiner Meinung nach dann möglich, dass diese Landschaft von allein entstanden ist?

- Natürlich nicht. Das alles hat All…

- Warte! Antworte nicht sofort. Schau dich jetzt mal genau um! Hör mir eine Weile einfach nur zu ohne etwas zu sagen. Komm, knie dich nieder. Lass uns diese Kamillen mit den goldfarbenen Blütenköpfen mal von Nahem untersuchen. Lass uns die Blätter zählen und uns die Farben anschauen. Wie gut dieses Gelb und dieses Weiß zusammen passen, stimmt's? Und dieses grüne Gras erst! Welch wunderschöner Frühlingsteppich…

Siehst du die Honigbienen, wie sie fröhlich auf den Blumen herumtänzeln? Fleißige Ameisen wandern geschwind von einem Ast zum anderen.

Atme ganz tief ein. Ist das nicht ein herrlicher Duft? Hey, was sagt man denn zu diesem verrückten Klatschmohn! Wo sonst trifft man auf solche Farben. Oder die Flügel dieses Schmetterlings. Schau doch nur, schau sie dir von Nahem an. Aber fass sie nicht an. Sie sind unwahrscheinlich zierlich…

Komm, wir legen uns auf diesen Teppich aus Blüten und Blumen und beobachten den Himmel ein wenig.

Der Himmel! Der blaue Himmel!

Die Wolken! Wolken, so weiß wie die Kamillenblüten!

Die Schwalben, die über uns hinweg fliegen und die Störche mit ihren riesigen Flügeln...

Da hinten ist ein Wald.

Schau dir nur mal die Bäume in allen erdenklichen Grüntönen an!

Wie schön die Bäume sind!

So, nun sag mir: Wenn du schon über ein gewöhnliches Ölgemälde behauptest: „Ohne Maler oder Künstler ist so etwas unmöglich!“, kannst du dann von all dieser Schönheit hier

behaupten, dass es „von allein" entstanden ist?

- Nein! Nein! Auf gar keinen Fall! Das alles hat Allah erschaffen.

- Aber du siehst Allah nicht!

- Was macht das für einen Unterschied? Ich sehe die Blumen, den Himmel, die Bienen und Schmetterlinge! Ich sehe den strahlend blauen Himmel.

Ich rieche den Duft der Blumen!

Ich berühre die frischen Blüten der Kamille.

Ich zähle die Wolken...

Ich beobachte, wie die Vögel vorüberziehen, wie sie mit den Flügeln schlagen...

Auch wenn ich Allah nicht sehen kann, glaube ich so fest an Ihn, als könnte ich Ihn sehen. All diese Schönheit und die unzähligen schönen Dinge auf dieser Erde sind Seine Kunstwerke...

Eine letzte Frage

Jetzt könnte dir noch eine Frage wie diese in den Sinn kommen:

„Also gut, wir können Allah nicht sehen.

Aber könnte Er sich uns nicht zeigen, wenn Er wollte?“

Ganz zu Anfang hatte ich dir gesagt, dass dein Wunsch, Allah zu sehen und kennen zu lernen, in vielerlei Hinsicht berechtigt ist.

Gewiss, jedes Geschöpf Allahs würde seinen Schöpfer gerne sehen wollen.

Jeder fragt sich:

„Wer ist wohl unser Schöpfer? Von welcher Natur ist Er wohl?“

Allah lässt die Neugier seiner Geschöpfe Seinerseits nicht unbeantwortet. Er zeigt sich seinen Geschöpfen, wie Er es wünscht. Aber nicht hier auf Erden, sondern im Paradies!

Unser Prophet Mohammed (Frieden und Segen sei mit Ihm) sagt:

„Ein Verkünder offenbart denjenigen, die ins Paradies kommen, Folgendes: ‚Allah hatte euch etwas versprochen; nun soll dieses Versprechen in die Tat umgesetzt werden.‘

Darauf antworten sie:

„Hat Allah uns nicht schon ausreichend belohnt, indem Er uns vor dem Feuer bewahrt und uns Einlass ins Paradies gewährt hat?“

Daraufhin hebt Allah Seinen Schleier. Ich schwöre bei Allah, es gibt nichts Schöneres für sie, als das Angesicht Allahs zu betrachten!“

Was hatte ich dir ganz zu Anfang des Buches gesagt?

Auf jede Frage gibt es eine passende Antwort!

Wie groß ist Allah?

Denk nicht, dass ich so gut zu dir bin, nur damit du mir richtig zuhörst und aufmerksam liest, was ich schreibe, aber ich finde, deine Frage ist absolut berechtigt!

Wer weiß, wie oft dir schon der Satz: „Allah ist groß!" zu Ohren gekommen ist!? Und nun fragst du dich: „Nun gut, aber wie groß genau?"

Auch diese Frage werde ich dir lang und breit mit den verständlichsten Worten und Beispielen beantworten, jedoch – wie ich hoffe – ohne dich zu langweilen. Aber du musst wieder ein wenig geduldig sein und dieses Kapitel bis zum Schluss lesen.

Zuerst eine Frage an dich:

Du bist größer als dein Bruder. Gut, und um wie viel Zentimeter größer?

Nehmen wir an, du bist 1,50 m groß. Dagegen ist dein Bruder 1 m groß.

150 cm-100 cm = 50 cm

Das heißt also, du bist 50 cm größer als dein Bruder.

Es war sehr einfach herauszufinden, wie groß du bist, nicht wahr?

Ja, es war einfach! Denn wir konnten deine Größe mit der deines Bruders vergleichen. Dadurch konnten wir den Größenunterschied zwischen euch feststellen und die Frage: „Wie viel größer?" auf der Stelle beantworten:

„Na wie viel schon. 50 cm!"

Falls du dich dadurch besser fühlst, kannst du auch „einen halben Meter" sagen. Oder 0,0005 km!!! Ich erwarte nun von dir, dass du Folgendes begriffen hast:

Um zu verstehen oder zu messen „wie groß" etwas ist, müssen wir es mit etwas anderem vergleichen.

Um beispielsweise herauszufinden, um wie viel größer du als dein Bruder bist, haben wir eure Körpergrößen miteinander verglichen.

Lass uns jetzt zurück zum Thema kommen. Wie lautete unsere Ausgangsfrage

„Wie allmächtig ist Allah?"

Überlege mal selbst. Womit könnten wir Allah vergleichen? Wen oder was könnten wir Ihm gegenüberstellen, um sagen zu können, dass Er „so und so groß" ist? Selbstverständlich nichts und niemanden!

Wenn uns also eine Frage wie: „Wie groß ist Allah?" beschäftigt oder jemand uns eine solche Frage stellt, müssen wir uns in erster Linie als allerserstes klar machen: Das ist keine korrekte Frage. Auf eine falsch gestellte Frage, kann man keine korrekte Antwort geben; genauso wie sich unsere Haustür nicht mit einem falschen Schlüssel öffnen lässt…

Dann ist also das erste, was wir tun müssen, unsere Fragen korrekt zu stellen.

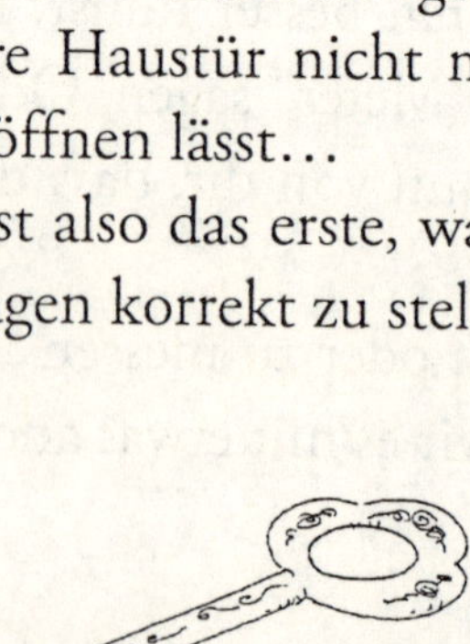

Von welcher Art Größe ist die Größe Allahs?

Die Größe der Berge, der Ozeane, der Kontinente, der Erde, der Sonne, des Sonnensystems und der Galaxien ist nicht gleichzusetzen mit der Größe Allahs.

All das, was wir gerade aufgezählt haben, ist im Vergleich zu anderen Dingen groß und im Vergleich zu wieder anderen Dingen klein

Allah hingegen ist einfach nur groß.

Du bist beispielsweise größer als dein Bruder, jedoch kleiner als dein Vater.

Also kann man in deinem Fall nicht wirklich von Größe sprechen.

So ist es mit allem, was wir um uns herum sehen und jedem Lebewesen, das in diesem unendlich weiten Universum geschaffen wurde, so (größer und kleiner) wie deine Körpergröße.

Die Berge sind groß, aber die Ozeane sind noch größer.

Die Ozeane sind groß, aber die Erde ist noch größer als die Ozeane.

Die Erde ist groß, aber die Sonne ist noch größer als die Erde.

Die Sonne ihrerseits ist zwar groß, aber im Universum gibt es Sterne, die noch viel viel viel größer sind als die Sonne.

Und Allah, Der all das erschaffen hat, ist zweifellos groß.

Aber seine Größe kann man nicht mit den Bergen, den Ozeanen, der Sonne oder dieser unendlich weiten Welt vergleichen.

Denn all das ist in Abhängigkeit zueinander groß oder klein.

Allah hingegen ist größer als alles und jeder.

Nichts und niemand übersteigt seine Größe.

Allahs Größe ist für unseren Verstand nicht fassbar

Unsere Erde wird mitsamt ihrer Kontinente, Ozeane und Berge um die Sonne herum bewegt.

Und die Sonne ist 1Million 300 tausendmal so groß wie die Erde.

In der Milchstraßengalaxie befinden sich neben der Sonne noch 200 Milliarden andere Sterne, von denen eine Vielzahl größer ist als unsere Sonne.

Soweit die Menschen sehen können, gibt es in den Tiefen des Weltraums noch 250 Milliarden andere Galaxien wie die unserer Milchstraße.

Während also dieses Universum, in dem wir leben, für uns schon unvorstellbar groß ist, ist es selbstverständlich unmöglich, die Größe Allahs, unseres Schöpfers, Der das ganze Universum und die Sterne darin geschaffen hat, zu begreifen.

Wie ist „Allah ist groß" zu verstehen?

Wenn ich sage: „Fatih Sultan Mehmet war ein großer Mensch", wie verstehst du das? „Fatih war 30 Meter groß und seine Arme waren so ungefähr 5 Meter lang. Frag gar nicht erst nach seinen Füßen, die waren auch riesig groß." So was verstehst du ja wohl nicht darunter, oder?

Warte mal! Nicht so voreilig! Ich versuche nicht, dich auf den Arm zu nehmen. Außerdem habe ich nicht so einen miserablen Humor. Meine komischen Aussagen haben erheblich mit unserem Thema zu tun.

Wenn ich sage:

„Fatih war ein großer Mensch", dann meine ich damit, dass er ein sehr großer Herrscher war, dass er große Dinge – wie die Eroberung Istanbuls – vollbracht hat, die in die Geschichte eingegangen sind, und dass er an zahlreichen anderen Erfolgen teilhatte, die ihn zu Ruhm und Ehre führten. Also bedeutet GROSS in diesem Satz nicht das Gleiche, wie das, was uns als erstes unter GROSS einfällt.

Fatih ist groß, so wie die Berge groß sind. Aber Fatihs Größe und die Größe der Berge sind zwei völlig unterschiedliche Dinge. Wenn du die Aussage „Allah ist groß" hörst, dann denke nicht an Seine Person, sondern an die Dinge, die Er erschaffen hat. Denn Allah, Den es schon gab, als noch nichts existierte, ähnelt nichts und niemandem. Unser Verstand kann Allahs Person auf keinen Fall begreifen, fassen oder sich vorstellen.

Wenn du an all das, was Allah erschaffen hat, denkst, dann wirst du Allahs Größe so verstehen, wie du sie verstehen solltest.

Selbstverständlich ist Allah ist groß.

Er, Der Milliarden von Zellen in deinem Körper gleichzeitig in Funktion hält.

Allah ist wahrlich groß. Er, Der aus Stein und Schlamm Früchte hervorbringt, von denen eine köstlicher ist als die andere.

Allah ist groß.

Er, Der Milliarden von Blumen zur gleichen Zeit aufblühen lässt.

Allah ist groß.

Er, Der literweise Wasser im Bauch der Wolken umherwandern und tropfenweise dorthin regnen lässt, wo nur Er es wünscht.

Allah ist groß. Er, Der die Erde mit einer Geschwindigkeit von 108.000 km/h (30 km in einer Sekunde!) um die Sonne wandern lässt, in einer Weise, dass nicht einmal einem einzigen Schmetterling auf der Welt bei dieser Umdrehung schwindelig wird.

Alles, was du mit einem Augenschlag erblickst, zeigt dir die Größe Allahs.

Das Fliegen der Vögel, das Laufen der Menschen, das Rennen der Tiger, das Wachsen der Bäume, das Schwimmen der Fische, das Blühen der Blumen, das Wehen des Windes, das Leuchten der Sterne, das Lächeln der Babys, die Liebe der Mütter, das Sprechen der Kinder... Alles weist auf Allahs Größe hin! Denn all das sind die Spuren eines großen Wunders und so große Taten, wie sie niemand sonst außer Allah vollbringen kann.

Ganz recht, Allah, unser Schöpfer, ist groß!

Seine Allmacht befähigt Ihn zu allem!

Seine Kunst schafft alles Schöne! Seine Kunst ist groß!

Seine Zärtlichkeit sättigt jedes Lebewesen. Seine Zärtlichkeit ist groß!

Er sieht und beobachtet jeden. Sein Sehen ist groß!

Er vernimmt jedes Geräusch und hört jedes Gebet. Sein Hören ist groß!

Er ist unser Allah. Und Allah ist groß!

Allahu Ekber! Allahu Ekber!

Zu jeder gebetszeit ertönt es zuerst mit folgenden Worten von den Minaretten:

Allahu Ekber!

Allahu Ekber!

Allahu Ekber!

Allahu Ekber!

Jeder gläubige Muslim beginnt jedes Gebet mit diesen Worten:

Allahu Ekber!

Man sagt Allahu Ekber und beugt sich zum Ruku.

Man sagt Allahu Ekber und richtet sich auf.

Man sagt noch einmal Allahu Ekber und wirft sich nieder in die Sajda.

Danach sagt man wieder Allahu Ekber und beginnt mit der nächsten Rak'ah.

Die Pilger grüßen die Kaaba, indem sie Allahu Ekber sagen. An Gebeten zu Festtagen sagen wir unzählige Male wie aus einem Mund Allahu Ekber ...

Das Wort, das wir Muslime am meisten verwenden, ist Allahu Ekber.

Wenn wir uns fürchten:

Allahu Ekber!

Wenn wir uns freuen:

Allahu Ekber!

Wenn wir staunen, sagen wir:

Allahu Ekber!

Allahu Ekber bedeutet in unserem Sprachgebrauch in etwa:

„Allah ist Der Größte!"

Das bedeutet jedoch nicht, dass es noch andere „Große" gibt und Allah der Größte unter ihnen ist.

Falls du dich daran erinnerst, was ich dir seit Anfang dieses Kapitels versuche zu erklären, ist Allahs Größe nicht von gleicher Art wie die Größe der Dinge, die wir als „groß" bezeichnen und steht in keinem Bezug zu ihnen.

Allah ist groß. Und es existiert nichts wahrhaftig Großes, außer Allah.

Wo ist Allah?

Allah ist überall und nirgendwo. In diesem Kapitel werde ich dir erklären, welche Bedeutung diese Worte, die dich jetzt noch verwirren, tragen. Somit wirst du auch die Antwort auf die Frage „Wo ist Allah?" bekommen.

Für einen Fisch ist es unmöglich, außerhalb des Wassers zu leben. Nehmen wir an: Es existiert ein Fisch, der so klug ist wie du. Egal, wie sehr er sich auch den Kopf zerbricht, er wird sich kein Leben außerhalb des Wassers vorstellen können. Denn er befindet sich seit Anbeginn seiner Existenz im Wasser. Er kennt keine andere Lebensart und -weise. Deshalb stehen

seine Gedanken und sein Verstand unter dem Einfluss seiner Umgebung: Dem Wasser. Außerhalb des Wassers existiert nichts für den Fisch.

Was für den Fisch das Wasser ist, ist für dich der „Ort". Seitdem du denken kannst, hast du dich immer an einem bestimmten Ort oder in einer bestimmten Umgebung befunden. Es ist nie vorgekommen, dass du dich nirgendwo befunden hast.

Du warst Zuhause, in der Stadt, in der Schule oder im Freizeitpark …

Du warst im Dorf, in Wäldern, in Gebirgen, in Gärten, in den verschiedensten Städten und Ländern …

Du hattest immer eine Antwort parat, wenn du gefragt wurdest, wo du dich gerade befindest. Denn du musstest zwangsläufig irgendwo sein.

Eine weitaus größere Zwangsläufigkeit als die des vorhin erwähnten Fisches im Wasser. Denn ein Fisch in der Pfanne ist ein toter Fisch, der sich aber außerhalb des Wassers befindet.

Dagegen gab es für dich bisher keinen Moment, in dem du nicht irgendwo warst. Deshalb stellt dein Verstand dir folgende Frage:

„Und wo ist Allah? Muss Er sich nicht auch an einem bestimmten Ort befinden?"

Diese Frage ist tausendmal seltsamer, als wenn ein Fisch zu dir kommen würde und dich fragen würde: „In welchem Meer lebst du?"

Die Frage nach dem „Wo?" kann nur dir und mir und solchen Lebewesen, die aus Materie, aus Atomen, aus Zellen, aus Fleisch und Blut bestehen, gestellt werden.

„Wo ist dein Stift?"

„Wo ist euer Haus?"

„Wo ist Ahmet?"

„Wo ist der Berg Ararat?"

„Wo ist der atlantische Ozean?

„Wo ist der Polarstern?"

Denn Dinge, aus Materie bestehende Sachen, müssen sich zwangsläufig an irgendeinem Ort befinden.

Da Allah hingegen in keinster Weise den Dingen ähnelt, die Er erschaffen hat, besteht Er weder aus Materie noch aus einer Substanz.

Daher ist es nicht richtig, die Frage nach dem „Wo?“ auf Allah anzuwenden. Denn darauf gibt es keine Antwort.

Allah ist nicht wie wir an einen festen Ort gebunden. Allah ist zu nichts verpflichtet.

Damit du das annähernd verstehst, werde ich dir ein Beispiel geben:

Manche Dinge, die Allah erschafft sind weder aus Materie, noch kann man sie anfassen oder sehen; z.B. dein Leben.

Würde ich dich fragen: „Wo ist deine Lunge?“ würdest du sofort auf deine Brust zeigen.

Der Ort der Lunge steht fest.

Dein Gehirn, deine Nieren, dein Magen … Alle gehören an einen bestimmten Ort. Und was ist mit deinem Leben? Wo genau befindet sich das Leben in deinem Körper? In gewisser Hinsicht ist es überall im Körper, andererseits ist es nirgendwo …

An diesem Beispiel siehst du: Je weiter etwas davon entfernt ist, Materie zu sein, umso schwieriger wird es, die Frage nach dem „Wo?“ zu beantworten. Solch eine Frage wäre genauso sinnlos wie diese: „Na, wo steckt denn dein Leben? Zeig mal her!"

Wenn wir die Frage nach dem „Wo?" nicht einmal auf das Leben, das Allah erschaffen hat oder auf Dinge, die nicht als Materie gelten, anwenden können; bzw. schon anwenden können, aber keine Antwort darauf haben, dann können wir erst recht nicht nach dem „Wo?" bezüglich Allahs fragen.

Überall und nirgendwo

Das Weltall, die Sterne, die Sonne, die Erde, die Meere und Wälder, die Kontinente: Alles hat Allah erschaffen. Das alles gab es vorher nicht. Aber Allah gab es schon. Das heißt also, Allah existierte bereits, als noch nichts anderes existierte. Also war Allah an keinem bestimmten Ort. Denn Raum und Zeit existierten noch nicht.

Ich hatte dir zu Anfang dieses Kapitels gesagt, dass Allah überall und nirgendwo ist. Ich nehme mal an, dass alles, was du bisher gelesen hast, dazu beigetragen hat, besser zu verstehen, dass Allah an keinem bestimmten Ort ist, also nicht an Raum und Zeit gebunden ist.

Nun fragst du dich:

„Wie kann man überall sein, wenn man doch nirgendwo ist?"

Ich werde dir dazu wieder ein ganz einfaches Beispiel nennen. Diese Beispiele kannst du dir wie ein „Teleskop" vorstellen, die dir helfen, weit entfernte Dinge von nahem zu betrachten.

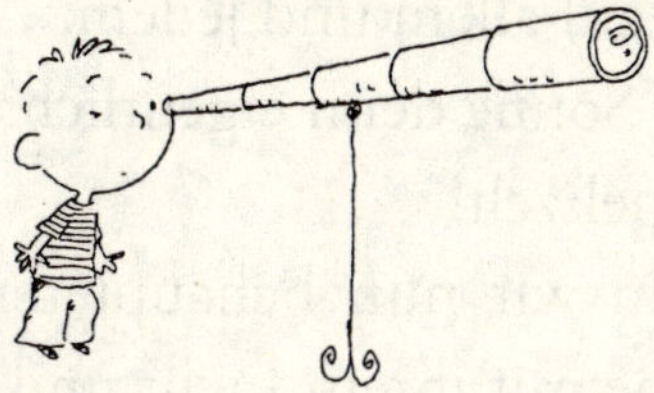

Diese Teleskope (Beispiele) sind uns dabei behilflich, Dinge zu sehen und zu verstehen, die für unseren Verstand schwer verständlich sind.

Deshalb sind Beispiele so wichtig.

Nun stell dir die Sonne vor: Diese strahlende Lampe am Himmel, die unsere Welt Tag für Tag hell erleuchtet.

Zu Tagesanbruch ist alles in Licht getaucht.

Die Sonne zeigt sich überall.

Wohin man auch schaut; es ist, als würde man eine leuchtende Sonne erblicken.

Auf dem frischen Morgentau der Rosenblüten …

In dem plätschernden Wasser der Bäche …

Auf den Fensterscheiben der Häuser …

In den Augen von Menschen, Katzen, Vögeln ...

Die Sonne lässt alles und jeden erstrahlen. Sie erscheint auf allem und jedem.

Wo ist die Sonne denn eigentlich?

Am Himmelszelt!

Aber, wenn wir nun behaupteten, dass ein Teil der Sonne mit ihrem Licht und ihrer Wärme auf all diesen Dingen ruht, dann würden wir nicht lügen. Tatsächlich sind die Sonnenstrahlen überall. Doch zugleich sind sie an keinem dieser Orte und auf keinem dieser Gegenstände.

Genauso, wie die von der Erde Millionen von Kilometern entfernte Sonne nicht selbst in allen Fensterscheiben, Augen, Tautröpfchen und in allen Sandkörnchen und Schneeflöckchen erscheint, sondern ihr abgesondertes Licht und ihre Wärme, so ist auch Allah mit Seiner Macht und Güte, Seinem Wissen und Kunst allgegenwärtig, doch mit Seiner Gestalt ist er nirgendwo …

Allah hält zum Beispiel die Sterne in Bewegung, die sich stetig in ihrer Umlaufbahn bewegen und die nicht miteinander kollidieren, obwohl sie sich zu Trillionen an einer Stelle tummeln.

Allahs endlose Macht zeigt sich in diesen Sternen.

Zum Beispiel wird jedes Neugeborene mit süßer Muttermilch in der Welt willkommen geheißen.

All diesen Babys wird Allahs große Güte zuteil.

Zum Beispiel sind die unzähligen, schönen Blumen, die jeden Frühling auf Wiesen und in Gärten erblühen, ein Zeichen von Allahs Kunst.

Allahs unvergleichliche Kunst spiegelt sich in ihnen wider.

„Und wer erschuf dann Allah?!“

Es war vor ungefähr einer Woche. Die Familie, die bei uns zu Besuch war, hatte eine vier- oder fünfjährige niedliche Tochter. Sie knabberte mit ihren Vorderzähnen an einem riesigen roten Apfel, den sie aus der Obstschale genommen hatte.

„Was für einen schönen Apfel Allah erschaffen hat, nicht wahr?“, hatte ich sie gefragt.

Sie hielt inne und fragte: „Den hat Allah auch erschaffen?!“

„Ja“, antwortete ich. „Allah hat diesen Apfel, genau wie alle anderen Früchte auch, für dich erschaffen …“

Nach diesen Worten fing sie an, mich mit Fragen zu löchern. Um ehrlich zu sein, ahnte ich bereits, welchen Verlauf das Gespräch nehmen würde.

– Wie sieht es aus mit der Orange?

– Allah hat auch die Orange erschaffen!

– Kirschen?!

– Auch die Kirschen hat Allah erschaffen!

– Die Nüsse?

– Die Nüsse hat auch …

– Mandarinen?

– Hmmm…Birnen?!

– Uuuuund die Wassermelone?!

Als dem kleinen Mädchen keine Obstsorten mehr einfielen, ging sie von der Früchtewelt zur Tierwelt über.

– Die Vögel …

– Allah hat alle Vögel erschaffen!

– Den Storch …

– Wenn man bedenkt, dass der Storch auch ein Vogel ist, dann hat Allah auch ihn erschaffen!

– Die Enten?

– Die Enten hat auch Allah erschaffen.

Immerhin zählte sie nicht alle Vögel auf, die sie kannte, aber sie fuhr fort:

– Die Wolken?

– Die Wolken hat Allah auch erschaffen!

Dieses Frage-Antwort-Spiel machte ihr sichtlich Spaß. Vor jedem Anlauf kicherte sie vergnügt und freute sich so sehr, als würde sie mich mit jeder Frage ein kleines bisschen weiter in die Ecke drängen. Niemand konnte die kleine Prinzessin mehr zum Schweigen bringen, nachdem sie nun richtig auf den Geschmack gekommen war:

– Die Bäume?
– Die Berge?
– Und die Fische?
– Die Menschen?
– Die Hunde?
– Die Quallen?
– Die Haare?
– Die Haarschleifen?
– Meine Mami und meinen Papi?
– Meine Oma und meinen Opa?
– …

Nachdem sie noch einige Dinge aufgezählt hatte, platzte sie mit der Frage heraus, mit der ich schon gerechnet hatte:

– Also gut! Allah hat alles erschaffen. Ja, und und und wer hat dann Allah erschaffen?

Da haben wir's!

Natürlich hatte ich eine Antwort parat. Es jedoch so zu erklären, dass dieses kleine Mädchen es verstand, war etwas problematisch.

Während ich versuchte, meine Gedanken zu ordnen, kam mir der Vater des kleinen Mädchens zuvor:

– Aber aber, Liebling, so was fragt man doch nicht. Lass den Onkel endlich mal in Ruhe!

Die Kleine hatte hingegen alles andere im Sinn, als mich in Ruhe zu lassen. Das sollte sie auch nicht. Sie wandte sich ihrem Vater zu und sagte: „Es ist mir aber eingefallen!"

So ist es! Die Frage war der Kleinen nun mal eingefallen. Was konnte sie denn dafür! Wenn ihr die Frage schon mal eingefallen war, musste sie auch gestellt werden.

Ich ergriff ihre kleinen Hände und zog sie näher zu mir heran. Ich schaute ihr in die Augen und sagte: „Bravo! Du bist so ein schlaues Mädchen!" Ich sagte ihr auch, dass sie sehr schöne Augen und Haare habe. Wie alle kleinen Mädchen wurde sie sofort verlegen und etwas frech. Tja, nach so vielen Komplimenten würde sie mir natürlich zuhören.

„Schau mal!" begann ich. „Allah hat all das, was du vorhin aufgezählt hast, erschaffen. Aber Allah wurde von niemandem erschaffen. Denn das ist Allah! Allah wird nicht erschaffen! Er ist der Allerschaffer!"

Meine Antwort war kurz, aber ich ging davon aus, dass sie ausreichen würde.

Auch die Antwort des kleinen Mädchens war äußerst kurz. Aber für ein Mädchen von 4 Jahren war sie mehr als ausreichend:

– Ahaaaa …

Die Kleine fragte mich nichts weiter. Sie fuhr damit fort, an ihrem Apfel zu knabbern und ging ins Zimmer meines Sohnes, wo die Spielsachen waren.

Meine Antwort hatte sie zufrieden gestellt; zumindest für den Moment.

Ich weiß, dass die Antwort, die ich dem kleinen Mädchen gegeben habe, für dich nicht ausreichen wird.

Nun, mir ist bewusst, dass ich dich mit so einer Frage zum Nachdenken gebracht habe. Dann ist es meine Pflicht eine Antwort zu finden, die auch dich zufrieden stellen wird, nicht wahr?

Eigentlich ist die Antwort, die ich der Kleinen auf diese Frage gegeben habe, mehr als ausreichend!

„Allah ist der Allerschaffer. Er aber wurde nicht erschaffen.“

Aber du willst sicherlich ein paar Beispiele hören, um diese Antwort richtig verdauen zu können.

Also gut, in einem Buch, das ich mal gelesen habe, waren zwei richtig gute Beispiele zu diesem Thema. Ich denke, es wird ausreichend sein, sie hier anzuführen:

Von wo bezieht die Erde ihr Licht?

Natürlich von der Sonne!

Von wo bezieht der Mond sein Licht?

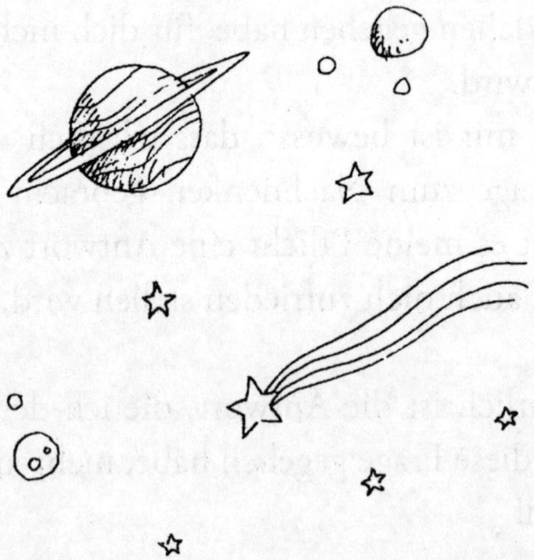

Ebenfalls von der Sonne!

Mars?

Von der Sonne!

Merkur, Venus, Jupiter?

Von der Sonne, von der Sonne und nochmals von der Sonne!

Und von wo bezieht die Sonne ihr Licht?

Du bist verblüfft?

Ich wiederhole meine Frage:

Von wo bezieht die Sonne ihr Licht?

Natürlich nirgendwoher!

Denn die Sonne selbst ist die Lichtquelle.

Sie spendet allen Planeten Licht und Wärme. Aber sie selbst bezieht nirgendwoher Licht oder Wärme.

So stellt die sinnlose Frage „Wer hat Allah erschaffen?" die sinnlose Frage „Von wo bezieht die Sonne ihr Licht?" in den Schatten!

Ein weiteres Beispiel aus dem gleichen Buch:

Stellt euch einen Zug mit 10 bis 15 Waggons vor. Jeder dieser Waggons wird von dem jeweils vorderen gezogen. Und wenn man sich als allererstes Glied die Lokomotive anschaut, kann man wohl kaum fragen: „Und wer zieht die Lokomotive?" Denn gäbe es keine Lokomotive, die zieht, jedoch nicht gezogen wird, so würde der Zug nicht fahren können.

Diese beiden einfachen, jedoch einleuchtenden Beispiele zeigen, dass eine Frage wie „Wer hat Allah erschaffen?" eigentlich gar nicht erst gestellt werden sollte.

Es war einmal ein Mann, der hatte sieben Söhne…

Als ich auf der weiterführenden Schule war, schrieb unser Literaturlehrer ein seltsames Gedicht auf die Tafel. Ich weiß gar nicht mehr genau, ob es ein Gedicht war oder eine Geschichte. Ich weiß nur, dass ich trotz der langen Zeit, die seither vergangen ist, keine einzige Zeile davon vergessen habe:

Es war einmal ein Mann, der hatte sieben Söhne.

Die sieben Söhne sprachen:

„Vater, erzähl uns eine Geschichte.“

Da fing der Vater an:

‚Es war einmal ein Mann, der hatte sieben Söhne.

Die sieben Söhne sprachen:

‚Vater, erzähl uns eine Geschichte.‘

Da fing der Vater an:

‚Es war einmal ein Mann, der hatte sieben Söhne.

Die sieben Söhne sprachen:

‚Vater, erzähl uns eine Geschichte.‘

Da fing der Vater an …

Schon gut, schon gut, ich hör ja auf. Verstehst du jetzt, wieso ich diesen Vater und seine Söhne jahrelang nicht vergessen konnte? So was kann man nämlich nicht vergessen!

Und was hat dieser Unsinn nun mit unserem Thema zu tun?

Wie lautete unsere Frage:

„Wer hat Allah erschaffen?“

Nehmen wir mal an, wir haben die Frage beantwortet. Dann wird derjenige, der die Frage gestellt hat, weiter wissen wollen:

„Ja, und wer hat dann Ihn erschaffen?"

Nehmen wir an, wir haben auch diese Frage beantwortet.

Derjenige, der die Frage gestellt hat, wird immer weiter wissen wollen:

„Und Ihn?"

„Und jenen?"

„Was ist mit dem davor?"

Diese Fragerei kann bis ins Unendliche so weiter gehen, ohne irgendein Ergebnis zu erzielen.

„Es war einmal ein Mann, der hatte sieben Söhne.

Die sieben Söhne sprachen: ‚Vater, erzähl uns eine Geschi... '"

Das ist also das einzige, was diese seltsame Geschichte mit unserem Thema zu tun hat! Ihre Sinnlosigkeit und die Tatsache, dass sie nie zu einem Ergebnis führen kann.

Lasst uns nochmal auf die Antwort, die ich dem kleinen Mädchen gegeben hatte, zurückkommen:

„Allah hat all das, was du vorhin aufgezählt hast, erschaffen. Aber Allah wurde von niemandem erschaffen.

Denn das ist Allah!“

So ist es. Allah ist der Schöpfer. Also wurde Er nicht erschaffen und kann nicht „erschaffen“ worden sein.

Wenn Allah der Schöpfer ist, dann ist Er unser Herr. Deshalb kann man nicht fragen: „Wer hat Ihn erschaffen?“.

Denn der Schöpfer wird nicht erschaffen.

Schau, wie unser Herr sich selbst im Koran beschreibt:

Im Namen Allahs, des Allerbarmers, des Barmherzigen.

Sprich: „Er ist der Eine Gott,
Allah, der Absolute.
Er zeugt nicht und ist nicht gezeugt,
Und es gibt keinen, der Ihm gleicht.”

— Sure Al-Ikhlas (Aus: Der Koran, von Max Henning, Cagri Yayinlari)

Wisst ihr, was passiert ist, bevor Allah diese Sure an unseren geliebten Propheten Mohammed (Frieden und Segen sei mit Ihm) sandte?

Ein paar Leute kamen zu unserem Propheten und fragten:

„Wenn Allah alles erschaffen hat, wer hat dann Allah erschaffen?“

Das waren keine kleinen Kinder, sondern erwachsene Männer. Unser Prophet ärgerte sich sehr über diese Männer, weil sie diese Frage gestellt hatten, obwohl sie es besser wussten.

So sandte Allah diese Sure durch den Engel Gabriel herab.

Was für ein Wesen ist Allah?

Es ist sehr schön, dass du so viel über deinen Schöpfer erfahren möchtest und ohne zu zögern all die Fragen stellst, die dir zu Allahs einfallen. Ich kann es nicht oft genug sagen; es ist das Normalste der Welt, dass ein Mensch etwas über seinen Schöpfer erfahren möchte. Es wäre sogar seltsam, wenn dem nicht so wäre.

Ein Mensch muss etwas über Allah erfahren und lernen wollen. Wie ist Er, weshalb hat Er uns erschaffen, was verlangt Er von uns? Wie können wir mehr über Ihn erfahren und Ihm für all die schönen Dinge, die er uns zuteilwerden lässt, danken? Ein jeder muss Antworten

auf solche Fragen suchen.

Jedoch dürfen wir eines nie vergessen: Unser Verstand unterliegt Grenzen. Er kann uns nur bis zu einem bestimmten Punkt weiterhelfen. Darüber hinaus kann er nicht gehen.

Als ich in deinem Alter war, habe ich ein paar Bücher gelesen, die mich verwirrten. Ich konnte keine nützlichen Antworten auf meine Fragen bezüglich Allahs finden.

Ich wollte mehr über Allah wissen.

Wie Er so ist.

Wie Er aussieht.

Wo Er ist.

Damals gab es kein Buch, in dem ich Antworten finden konnte. (Ich hatte also nicht so viel Glück wie du!) Ich kannte auch noch niemandem, der mich über diese Fragen aufklären konnte ...

Ich fing an zu denken: „Wenn ich Allahs Existenz nicht begreife, wieso sollte ich dann an Ihn glauben?“ Ist es in der Tat nicht ganz normal, dass man etwas leugnet, was man nicht begreift?

Eines Tages war ich allein zu Hause. Ich saß neben dem Fenster und beobachtete die vielen Pappeln, wie sie sich im Wind hin und her bewegten.

Plötzlich stellte ich mir eine Reihe von Fragen:

Wo bin ich?

In meinem Zimmer …

Wo ist mein Zimmer?

Im Haus!

Wo steht das Haus?

In unserer Straße!

Und die Straße?

Im Viertel natürlich …

Das Viertel?

In Istanbul.

Istanbul?

In der Türkei.

Die Türkei?

Irgendwo auf der Erde! Wo sonst!

Die Erde?

Im Sonnensysteeem!

Das Sonnensystem?

In der Milchstraße!

Und die Milchstraße? Wo ist die?

Im Universuuuum ...

Und das Weltall?

Was ist mit dem Universum?

Nun, wo ist das Ding oder der Ort oder was auch immer es

ist, das sich Universum nennt?

Ich weiß es nicht. Vielleicht ist es in einem anderen Universum.

Und dieses andere Universum???

Oh je, ich bin ganz durcheinander. Ich weiß es nicht. Das kann niemand wissen.

Genau! Das ist die Antwort! Kein Menschenverstand kann diese Frage beantworten.

„Wo ist das Universum? Wenn das Universum auch zu einem anderen Ort gehört, wo ist dann dieser Ort ..." Der menschliche Verstand kann so etwas unmöglich beantworten.

Somit kann ich Allah nicht leugnen, nur weil mein Verstand nicht in der Lage ist, manches zu verstehen.

Manches werde ich nie verstehen.

Manches wird nie jemand verstehen.

Manches wird man nie verstehen, auch wenn man den Verstand aller Menschen zusammen benutzen würde.

Wenn wir nicht einmal die Welt, in der wir leben, gänzlich verstehen, ist es erst recht unmöglich für mich Allah, Der diese Welt aus dem Nichts erschaffen hat, Der also schon existiert hat, als noch nichts anderes da war, zu begreifen.

Ich hatte versucht, den riesigen Ozean in ein winziges Glas zu füllen. Wie sollte das klappen?

Als ich heute in dieser Erinnerung geschwelgt habe, dachte ich: „Der Mensch ist in seiner frühen Jugend von sich selbst sehr überzeugt."

Denn um die Grenzen meines Verstandes zu entdecken, hätte ich nicht die Grenzen des Universums erkunden müssen. Es hätte ausgereicht, mich im Bereich meines Schädels zu bewegen.

Wir wissen noch nicht einmal, wie das menschliche Gehirn, in dem Milliarden von Nervenzellen ihre Arbeit verrichten, funktioniert. Der menschliche Verstand hat das Rätsel des Verstandes und Gehirns noch nicht gelöst. Unser Verstand versteht sich selbst noch nicht einmal!

Wenn wir nun vorhätten Allah zu leugnen, nur weil unser Verstand nicht ausreicht, um alles zu begreifen, müssten wir zu allererst unseren Verstand leugnen. Denn den begreift unser Verstand auch nicht!

Mit fortschreitendem Alter fing ich an zu verstehen, was der Verstand für eine Sache ist und dass es Unmengen von Dingen gibt, wie z.B. unsere Seele, unser Leben, die er nicht begreifen kann.

Es weiß noch nicht einmal jemand, was für Erscheinungen das Leben und die Seele sind, obwohl sie uns am nächsten sind.

Und mit so einem Verstand es ist uns nicht möglich zu verstehen, was für ein Wesen Allah ist.

Darüber hinaus erwartet Allah nicht von uns, dass wir sein Wesen verstehen. Trotzdem können wir Dinge über Allah erfahren, Seine Existenz und Einzigartigkeit verstehen und anhand Seiner Werke feststellen, was für ein Schöpfer Er ist.

Dazu hat uns Allah erschaffen.

Wir müssen Ihn kennen, Ihn lieben und Ihn im Gebet verehren.

Ein Buch ist das Universum

Wir verfügen über drei Begleiter, die uns Allah näher bringen. Der erste ist unser Prophet Mohammed, der zweite ist der Edle Koran und der dritte ist dieses Universum.

Lass uns gemeinsam an diesem Frühlingstag versuchen, ein paar Seiten in dem Buch des Universums zu lesen. Mal sehen, was dieser dikke Wälzer über unseren Allah erzählen, zeigen und lehren wird.

Das Buch des Universums bekommt man mit seinen unzähligen Seiten und endlosen Zeilen kaum durch. Am besten sehen wir uns nur ein, zwei Zeilen auf ein, zwei Seiten an.

Die längste und imposanteste Seite dieses Buches ist der Himmel.

Siehst du wie der dunkle Nachthimmel mit Milliarden von Sternen geschmückt ist?

Es gibt weder Schnüre noch Pfähle, die diese Sterne an Ort und Stelle halten, wohingegen nicht einmal das kleinste Zelt ohne Schnur und Pfahl stehen bleiben kann.

Allah ist es, Der sie in der Leere hält und sie in ihrer Umlaufbahn kreisen lässt, ohne dass sie kollidieren.

Auf dieser mit Sternen veredelten Seite steht, dass unser Schöpfer über endlose Macht verfügt.

Lass uns nun einen Blick auf die Erde werfen.

In dieser Frühlingszeit scheint es ganz so, als wäre in den Gärten und auf den Feldern der

Erde ein mit den verschiedensten Blüten geschmückter Teppich ausgelegt. Diese Frühlingsseite, die dekoriert ist mit Blumen, von denen eine schöner ist als die andere, benachrichtigt uns über die hohe Kunst unseres Schöpfers.

Wenn wir die Augen öffnen und diese blumenverzierte Seite aufmerksam lesen, kommen wir dann daran vorbei zu denken: „Allah, wenn schon die Blumen, die du erschaffen hast, so schön sind, wie schön musst Du erst sein"?.

Nun lass uns nicht sofort umblättern, sondern einen Blick auf die verschiedenen, leckeren Früchte werfen, die an den Ästen der Bäume hängen.

Äpfel, Kirschen, Pflaumen in den unterschiedlichsten Farben, von denen eine besser schmeckt, als die andere. Bemerkenswert, wie all diese Früchte, die mit ihren Wurzeln in schlammigem Wasser stecken, so schön heranreifen und uns gereicht werden, nicht wahr?

Das alles zeigt uns zum einen, wie sehr unser Schöpfer uns liebt und wie fürsorglich Er sich um das Wohl seiner Geschöpfe kümmert. Hätte

Allah es gewollt, hätte er uns ausschließlich mit Schlamm nähren können.

Schauen wir uns nun einmal die Tiere an. Siehst du, wie viele Tiere auf dieser Seite sind?

Die Kühe, die Gras fressen, um uns süße Milch zu geben, die Bienen die umher summen, die Vögel, die mit Leichtigkeit in den Lüften fliegen ...

Sind all diese Tiere nicht der Beweis dafür, welch ein großer Schöpfer Allah ist?

Manche haben Junge und hüten sie mit aller Sorgfalt.

Sogar die wildesten unter ihnen könnten ihren Jungen kein Haar krümmen.

Offensichtlich tragen sie Fürsorge in ihren Herzen. Offensichtlich ist unser Herr, Der sie so erschaffen hat, sehr fürsorglich.

Lass uns nun einen Blick auf die schönste aller Seiten werfen. Nehmen wir einen Spiegel zur Hand und betrachten unser Gesicht.

Es gibt Milliarden von Menschengesichtern auf der Welt. Keines gleicht dem anderen.

Auf einer Fläche so groß wie ein Handrükken hat Allah Milliarden von unterschiedlichen Gesichtern mit jeweils einer Nase, zwei Augen, zwei Ohren und einem Mund erschaffen.

Hundert Seiten erzählen uns von tausend Dingen der unvergleichlichen Kunst unseres Schöpfers. Zum Beispiel sieht Allah, der uns Organe wie unsere Augen gegeben hat, damit wir sehen können, selbstverständlich alles. Allah, Der uns mit der Gabe bereichert hat zu hören, hört selbstverständlich alles.

Diese Welt erzählt uns mit ihren zahllosen Seiten und endlosen Zeilen sehr viel über Allah, über Den wir alles erfahren möchten, um Ihn besser zu kennen.

Die Welt ist ein dicker Wälzer. Wir müssen dieses Buch lesen und versuchen unseren Allah, der sich zwischen den Zeilen zeigt, näher kennenzulernen.

Auch wenn unser Verstand das Wesen Allahs niemals aufnehmen kann, können wir trotzdem begreifen, was für ein großer Schöpfer Er ist und je besser wir Ihn kennen, desto inniger können wir Ihn lieben.

Warum ist Allah einzig?

Da es keinen Allah außer Allah gibt, ist Allah einmalig. Die wichtigste Grundlage unserer Religion, des Islams, ist die Einzigartigkeit Allahs. Das nennt man TAUHID.

In unserer Religion beginnt alles mit dem Glauben daran, dass Allah einzig ist.

In einem Land können nicht zwei Bundeskanzler gleichzeitig regieren. In einer Stadt gibt es nicht zwei Bürgermeister auf einmal. Es können noch nicht einmal zwei Vorsteher im selber Dorf amtieren. Wenn dem so sein würde, gäbe es ein großes Durcheinander. Würde einer von

ihnen „komm" sagen, dann würde der andere „geh" befehlen und würde der eine „geh" sagen, würde der andere „komm" befehlen.

Durch dieses einfache Beispiel musst dir Folgendes klar geworden sein: Viele Köche verderben den Brei!

Auf dieser Welt funktioniert alles in bestimmten Abläufen. Weder die Sterne prallen zusammen noch die Atome. Die Tatsache, dass alles einen so geregelten Gang nimmt, beweist uns die Einzigartigkeit Allahs.

Also: Alle Sterne bewegt Derselbe Allah, keiner kollidiert mit dem anderen; der Herrscher über alle Atome ist Derselbe Schöpfer, denn wer hat schon einmal beobachtet, dass aus einem einfachen Stift eine Atombombe wurde!

Ich übertreibe nicht mit dem, was ich sage! Was denkst du, würde passieren, wenn die Elektronen der Atome, aus dem ein Stift besteht, ineinander übergehen würden?

Wieso prallen Autos gegeneinander? Weil der Fahrer jedes Fahrzeugs ein anderer ist! Jeder Fahrer benutzt sein Auto, wie es ihm passt.

Wenn jemand in die Straße einbiegen möchte, aus der ein anderer kommt, dann gibt es ein Durcheinander! Und wieso prallen die Sterne nicht aneinander? Weil alle Sterne vom Selben Allah gelenkt werden. Da nur ein Allah entscheidet, wo ein Stern hin wandern soll, gibt es am Horizont kein Chaos. Man muss sich vorstellen, dass über unseren Köpfen mehr Sterne in ihren Umlaufbahnen kreisen als es Sandkörner auf der Erde gibt.

So wie es in einem Land nicht zwei Bundeskanzler, in einer Stadt nicht zwei Bürgermeister und in einem Dorf nicht zwei Vorsteher gibt, ist der Herrscher dieses Erdreichs auch einzig. In allem erkennt man seine Einzigartigkeit.

Ich werde dir jetzt ein weiteres Beispiel geben. Aber du musst aufmerksam zuhören.

Alles spricht: „Allah ist einzig!"

Denk mal an die Möbel bei dir zu Hause. Das Sofa ist von der und der Firma; der Fernseher ist von jener. Der Esstisch und die Stühle sind wiederrum Produkte einer anderen Firma. Und die Teppiche sind ganz woanders her.

Aber diese Welt ist nicht so! Hier ist überall das gleiche Etikett aufgeklebt: MADE BY ALLAH!

Von den Früchten, Bäumen, Sonnen und Vögeln bis hin zu den Babys … Alles, was dir in den Sinn kommt, ist so eng miteinander verbunden, dass man das eine vom anderen nicht trennen kann. Wem eine Sache gehört, dem gehört alles.

Wer ein Lebewesen erschaffen hat, der hat alle erschaffen. Kein anderer kann daherkommen und behaupten: „Das hab ich aber erschaffen!"

Damit du das verstehst, gebe ich dir das Milchglas-Beispiel:

Wir spielen jetzt wieder ein Frage-Antwort-Spiel. Ich frage, du antwortest:

- Auf dem Tisch steht ein Glas Milch. Wie ist es dort hingekommen?

- Mama hat es aus dem Kühlschrank geholt und dort hingestellt.

- Und wie ist die Milch in den Kühlschrank gekommen?

- Ich habe sie gestern im Supermarkt gekauft.

- Wo hat der Supermarkt die Milch her?

- Hmmm… Na, es gibt Fabriken für sowas. Da kommt sie wohl her.

- Okay, du machst das gut. Wo hat denn die Fabrik die Milch her?

- Schon mal was von einer Molkerei gehört? Dorther!

- Woher nehmen die Molkereien die Milch wohl her?

- Von den Kühen natürlich! Woher denn sonst.

- Und die Kühe?

- Die Milch entsteht im Bauch der Kühe, die den ganzen Tag grasen.

- Woher kommt das Gras?

- Das Gras wächst aus der Erde. Wenn es Frühling wird, grünt es überall...

- Dann musst du erklären, wie und woher der Frühling kommt!

- Indem sich die Welt um die Sonne dreht entstehen die Jahreszeiten. Der Frühling ist auch eine Jahreszeit. Nun, so ist es ...

- Gut. Jetzt lass uns den Anfang unseres Spiels mit dem Ende verbinden.

Das Resultat:

Damit ein Glas Milch auf deinen Tisch kommt, muss die Welt sich um die Sonne drehen!

- Ja, stimmt!

- Muss man dann nicht auch die Sonne erschaffen, um ein Glas Milch zu erschaffen?

- Stimmt, wer die Sonne nicht erschaffen kann, der kein auch kein Glas Milch erschaffen.

- Und das zeigt uns, dass der Besitzer eines Glases Milch auch der Besitzer der Sonne ist.

Alles auf der Welt ist wie dieses Glas Milch miteinander verknüpft. Wer zu einer Sache nicht fähig ist, der ist zu nichts fähig.

So lehrt uns ein Glas Milch die Einzigartigkeit Allahs.

Jetzt stell dir eine einzelne Fliege vor. Damit sie mit ihren Augen sehen kann, ist sie auf die Sonne angewiesen. Das heißt also, dass die Augen der Fliege und das Sonnenlicht aufeinander abgestimmt sind. Wer demnach die Fliege erschaffen hat, muss automatisch die Sonne erschaffen haben. Denn da die beiden aufeinander abgestimmt sind, muss es das Werk von jemandem sein, der die beiden kennt.

Es ist kaum möglich, dass die Fliege von einem Schöpfer und die Sonne von einem anderen stammen. Sowohl die Fliege als auch die

Sonne gehören Allah; und natürlich alles, was zwischen den beiden liegt.

Genau wie in diesem Beispiel:

Wer die Vögel erschaffen hat, hat folglich auch die Lüfte erschaffen. Denn Vögel können ausschließlich in solchen Lüften fliegen. Er ist es also, Der die Atmosphäre erschaffen hat und damit zusammen die Vögel, ihre Flügel und jede einzelne Feder.

Du kannst nun selbst Beispiele an Früchten, Bäumen und an deinem eigenen Körper finden. Alles, was du dir vorstellen kannst, wird dir die Einmaligkeit Allahs zeigen.

Denn alles in dieser Welt ist miteinander verknüpft und zeigt die Einzigartigkeit. Sowohl ein Glas Milch als auch das Auge einer Fliege …

Wer nicht an einen Allah glaubt, betet unzählige Götzen an!

Wenn die Menschen nicht über einen gefestigten TAUHID-Glauben verfügen, kann es passieren, dass sie in eine komische und gleichzeitig bemitleidenswerte Lage geraten.

Du hast beispielsweise bestimmt mal von den griechischen Mythologien gehört. Da kommen hunderte seltsame Götternamen vor. Immer wenn die Menschen ihren Glauben an einen einzigen Allah verlieren, denken sie sich solche Götter aus.

Sie ernennen dann immer jeweils einen Gott für die Dinge, die sie fürchten, die sie mögen und die sie brauchen.

Wie z.B. der Gott des Windes, der des Feuers, der Gott der Meere und der der Berge …

„Gäbe es in beiden (Himmel und Erde) Götter neben Allah, so würden alle beide gewiss zugrunde gehen."

— Sura al-Anbiya, 22. Ayat

Wie erledigt Allah so viele Dinge gleichzeitig?

Die meisten Fragen über ALLAH kommen uns nur in den Sinn, weil wir uns Allah innerhalb unserer eigenen Grenzen vorstellen.

„Wenn ich das nicht kann, wieso kann das Allah?" und fragen weiter:

„Wenn ich nicht zwei Dinge gleichzeitig machen kann, wie schaffte es dann Allah so viele Dinge gleichzeitig zu erledigen?"

Stimmt! Du kannst nicht gleichzeitig in zwei verschiedene Richtungen blicken.

Du kannst nicht gleichzeitig zwei verschiedene Worte aussprechen und zwei gleichzeitig ausgesprochene Worte nicht mitbekommen.

Wenn du sie mitbekommst, kannst du sie nicht verstehen.

Dein Körper und Verstand unterliegen Grenzen. Eine dieser Grenze ist diese:

Du kannst nicht zwei verschiedene Dinge im selben Moment machen, geschweige denn denken!

Aber wenn es Frühling wird, blühen Milliarden von Blumen gleichzeitig auf.

Während die Blumen aufblühen, schlüpfen aus unzähligen Eiern Vogelküken heraus.

Während die Vögel in ihren Eiern langsam heranwachsen, sprießen Milliarden von Pflanzenkeimen aus der Erde hervor.

Während die Keime ganz allmählich Triebe ansetzen, werden in den Wolken am Himmel Regentropfen erschaffen.

Während die Regentropfen sachte zu Boden fallen, bringen tausende Mütter tausende Babys auf die Welt.

Während der erste Schrei von tausenden Babys in den Ohren der Mütter ertönt, finden zahllose Explosionen auf der Sonne statt.

Tausende Meteoriten stürzen auf die Mondoberfläche und Kinder zeigen sich gegenseitig freudig einen kunterbunten Regenbogen, der sich auf der blauen Haut des Himmels bildet.

Während der Regenbogen leuchtend strahlt, bewegen viele Meter unter der Wasseroberfläche Milliarden kleiner Fische zum ersten Mal ihre Flossen.

Während die Fische zügig vom farbenfrohen Korallenriff wegschwimmen, beobachtet ein Vater fröhlich, wie sein Sohn seine ersten Schritte macht.

Ein Löwe brüllt, das Herz einer Gazelle

schlägt schneller, in einer Auster entsteht eine Perle.

Ein Kanarienvogel zwitschert zum ersten Mal, ein Elefant haucht seinen letzten Atemzug in den Tiefen des Waldes aus.

Eine alte und schelmische Krähe versucht die Schale einer Walnuss, die sie gemopst hat, zu knacken.

Während an einem Ort der Morgen graut, geht woanders die Sonne unter.

Ein Kind hat einen Traum, ein anderes sagt: „Guten Morgen, Mama!"

Während Milliarden von Zellen in deinem Körper absterben, entstehen Milliarden von ihnen neu.

In deinen Adern fließt Blut, dein Herz schlägt, deine Gehirnzellen senden einander Informationen …

Eine Sternschnuppe leuchtet auf …

Die Engel lächeln am Himmel!

Und noch viele viele Millionen und Abermillionen Dinge passieren, ohne dass etwas aus den Fugen gerät durch Allahs Tun und Schaffen.

Das auch noch gleichzeitig …

Und du fragst dich nun:

„Wie macht und erschafft Allah diese ganzen Dinge gleichzeitig?"

Wenn du dich einmal aufmerksam umschaust, kannst du beobachten, dass manche Dinge, die Allah erschaffen hat, auch noch unzählige Taten zu gleichen Zeit vollbringen.

Dann fällt es dir auch nicht mehr schwer zu verstehen, wie unser Schöpfer mit seiner endlosen Kraft und Macht mit einem Mal endlose Dinge tut und erschafft.

Stell dir z.B. Allahs Sonne vor.

Wenn die Sonne aufgeht, erfüllt sie alles und jeden gleichzeitig mit Licht.

Die Worte eines Mannes, der vor zehntausenden Menschen spricht, dringen zur gleichen Zeit an das Ohr jedes Einzelnen.

Die Erdanziehungskraft zieht alles auf der Welt zur gleichen Zeit an.

All diese Dinge geschehen durch Allahs Gesetze. Dann ist es ganz einfach, dass Allah mit einem Mal unendliche Dinge vollbringt und erschafft, dass die Sonne alles und jeden gleichzeitig mit Licht erfüllt, dass ein Wort von tausenden Menschen gleichzeitig wahrgenommen wird oder dass die Erdanziehungskraft alles gleichzeitig anzieht.

Allah befiehlt: „Werde!" und es wird

„Wenn Wir ihr Dasein wollen, ist Unser Wort zu einer Sache, lediglich zu ihr zu sprechen: ‚Sei!' und es ist." (Sura An-Nahl, 40. Ayat)

So einfach wie Allah eine Blume erschafft, so erschafft Er auch den Frühling.

So einfach wie Allah ein Atom kreisen lässt, so lässt er auch die Planeten kreisen.

So wie Allah einen Menschen ganz einfach leben lässt, so lässt er alle Menschen leben.

Kleine Tätigkeiten sind einfach und große sind schwierig. Das trifft allerdings nur auf uns zu.

Für Allah gibt es keinen Unterschied zwischen klein und groß.

Für Allah ist wenig und viel das Gleiche.

Für Allah ist es irrelevant, ob es um eines oder um Tausende geht.

Es macht keinen Unterschied für Allah, ob etwas schwer oder leicht ist.

Denn Allah befiehlt: „Werde!" und alles, was er will, geschieht!

Schauen wir uns nun ein Beispiel an, damit du besser verstehst, was ich meine.

Du kannst schreiben. Das heißt, du kannst Wörter und Sätze bilden, indem du Buchstaben aneinanderreihst.

Jetzt überleg mal. Ist es einfacher den Stift in die Hand zu nehmen und das Wort EINMAL oder das Wort ETLICH zu schreiben?

Habe ich richtig gehört? „Was macht das für

einen Unterschied?" sagst du?

Na, das eine ist EINMAL, das andere ist ETLICH! Das soll keinen Unterschied machen?

Natürlich macht es keinen! Wer schreiben kann, für den ist es egal, ob er das Wort EINMAL oder das Wort ETLICH schreibt; schließlich bestehen beide aus gleich vielen Buchstaben.

So wie es nicht einfacher ist EINMAL statt ETLICH zu schreiben, ist es nicht schwieriger ETLICH statt EINMAL zu schreiben.

Macht es denn einen Unterschied, ob man KLEIN oder GROSS schreibt?

Ist KLEIN einfacher, weil es klein ist und GROSS schwieriger, weil es groß ist?

Für jemanden, der des Schreibens mächtig ist, gibt es keinen Unterschied bei der Schreibung von KLEIN oder GROSS. Beides schreibt sich einfach.

Wenn du nun dieses Beispiel im Hinterkopf behältst und einen Schritt weiter denkst, dann wirst du eine große Wahrheit erkennen:

Für Allah, Der alles aus dem Nichts erschaffen hat, macht es keinen Unterschied etwas Großes oder Kleines zu erschaffen.

Für Allah, Der alles aus dem Nichts erschaffen hat, macht es keinen Unterschied einmal oder etliche Male zu erschaffen.

Ob es darum geht ein Atom oder einen Planteten zu erschaffen; eine Blume oder gleich tausend Blumen zu erschaffen; für Allah ist alles gleich.

Allah befiehlt „WERDE!" und alles, was er verlangt, wird. Er erschafft etwas einfach oder tausendfach, wie es Ihm beliebt.

Wenn Allah will, erschafft Er etwas Kleines oder etwas Großes.

Er erschafft eine Blume.

Einen Baum.

Den Frühling.

Das Paradies.

Für Allah ist alles gleich.

Er erschafft ein Atom.

Eine Fliege.

Einen Berg.

Eine Welt.

So wie er Milliarden von Fliegen erschafft, erschafft er Milliarden von Sternen.

Für Allah ist alles gleich.

Wenn Allah „WERDE!" befiehlt, geschieht alles, was Er verlangt.

Wie funktioniert der Befehl „WERDE!"?

Wenn du „WERDE!" rufen würdest, geschähe nichts. Riefe ich „WERDE!", würde wieder nichts geschehen. Würden wir zusammen „WERDE!" rufen, würde erneut überhaupt nichts passieren.

Würden wir eine Handvoll Erde nehmen und „Werde eine Blume!" rufen, würde die Erde keine Blume werden.

Würden wir ein Ei in die Hand nehmen und

„Werde ein Vogel!“ rufen, würde das Ei nicht mit den Flügeln schlagen.

Würden wir den Wolken am Himmel „Werde Regen!“ zurufen, würde nicht einmal ein Tropfen auf uns hinab fallen.

Würden wir zu den Ästen am Baum sagen: „Werde Obst!“, würde es nicht klappen.

So sehr wir auch „Werde!“ sagen würden; es würde nichts geschehen.

Denn die Erde, das Wasser, die Sonne, das Wetter, der Baum hören nicht auf unser Wort.

Denn wir sind nicht deren Besitzer.

Denn wir haben sie nicht erschaffen.

Der Ast eines Baumes wird nicht auf uns hören. Denn wir haben diesen Ast nicht an dem Stamm jenes Baumes befestigt. Weder haben wir den Baum aus der dunklen Erde herausgezogen, als er noch ein winziger Samen war, noch haben wir ihn mit seinem Stamm, seiner Rinde, den Wurzeln und Blättern in seiner ganzen Pracht erschaffen. Weder der Baum noch seine Äste werden auf uns hören …

Durch unseren Befehl „WERDE!“ wachsen

weder Kirschen an Zweigen und Honigmelonen auf den Feldern, noch entsteht Honig in Waben. Durch unseren Befehl „WERDE!“ werden aus Eiern keine Vögel, die sich in die Lüfte schwingen.

Doch wenn Allah „WERDE!“ befiehlt, kann alles werden.

Du kannst es nicht wissen, weil du nie bei der Bundeswehr warst. Jede Heeresgruppe hat einen Kommandanten. Wenn der Kommandant „STEHENBLEIBEN!“ befiehlt, bleiben alle stehen.

Wenn der Kommandant „RENNEN!“ befiehlt, rennen alle los.

Wenn der Kommandant „HINLEGEN!“ befiehlt, legen sich alle hin.

Wenn der Kommandant „HERKOMMEN!“ befiehlt, gehen alle dorthin.

Denn das ist der Kommandant. Jeder in der Heeresgruppe gehorcht seinem Wort.

Würde ich zu der gleichen Heeresgruppe „RENNEN!“ sagen, würde sich niemand von der Stelle bewegen. Würde ich „HERKOM-

MEN!" schreien, würden alle lachen.

Denn ich bin kein Kommandant. Auf mich hört niemand in der Heeresgruppe. Alles hört auf den Kommandanten.

Jetzt sieh im Lichte dieses einfachen Beispiels auf die Welt. Du wirst sehen, dass alles in dieser Welt auf Allah hört. Denn Er ist der Herrscher dieses Palastes. Alles hört auf seinen Befehl und gehorcht nur Ihm.

Alles im Himmel und auf Erden gehört Ihm und richtet sich nach Seinem Befehl.

Dinge, die durch unseren Ausruf „WERDE!" nicht passieren, geschehen durch seinen Willen.

Allah befiehlt „WERDE!" und an den Zweigen wachsen Früchte.

Allah befiehlt „WERDE!" und in den Gärten wachsen Blumen.

Allah befiehlt „WERDE!" und in den Waben entsteht Honig.

Allah befiehlt „WERDE!" und in den Wolken sammelt sich Wasser oder Schnee.

Allah befiehlt „WERDE!" und in den Bäuchen der Mütter wachsen Babys heran.

Allah befiehlt „WERDE!“ und ein Samen keimt.

Allah befiehlt „WERDE!“ und aus dem Samen treibt ein winziger Spross heraus.

Allah befiehlt „WERDE!“ und der winzige Spross durchstößt die Steine und die Erde über sich, um schließlich ans Tageslicht zu gelangen.

Allah befiehlt „WERDE!“ und dieser winzige Spross, der ans Tageslicht gelangt ist, beginnt zu wachsen.

Er wächst und wächst und wächst …

Und Allah befiehlt „WERDE!“ und aus dem Spross wird ein Baum. Am Baum wachsen Äste und die Äste tragen Früchte … Die Früchte haben ihren eigenen Geschmack, Geruch, ihre eigene Farbe und Gestalt …

Alles was geschieht, geschieht ausschließlich durch Allahs Befehl „WERDE!“. Er ist der Herrscher über alles und jeden und Er ist unser Herr.

„...Ihm gehört, was in den Himmeln und auf Erden ist: alles gehorcht ihm. Er ist der Schöpfer der Himmel und der Erde, und wenn Er eine Sache beschließt, spricht Er nur zu ihr "Sei!" und sie ist."

(Sura Al-Baqara, 116. und 117, Ayat)

„Denn Sein ist, was in den Himmeln und auf Erden ist. Alles gehorcht Ihm."

(Sura Ar-Rum, 26. Ayat)

„In der Tat, gehört Allah nicht alles, was in den Himmeln und auf Erden ist?"

(Sura Yunus, 55. Ayat)

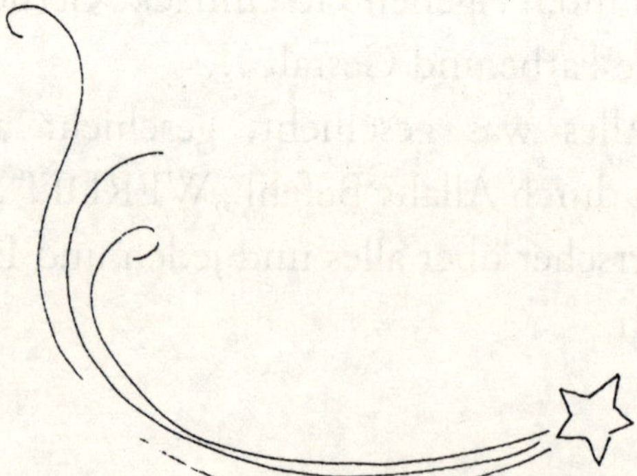

Weshalb erschafft Allah Bäume, um Früchte zu erschaffen?

Wozu denn, nicht wahr? Um Äpfel zu erschaffen, braucht Allah doch keine Bäume?!

Die Äpfel könnten doch wie Regen vom Himmel herabfallen!

Oder sie könnten ganz plötzlich wie Tautropfen zwischen den Grashalmen erscheinen.

Weshalb erschafft Allah Bäume, um Früchte zu erschaffen?

Muss Allah Bäume erschaffen, um Äpfel erschaffen zu können?

Diesmal hast du eine wirklich schwierige Frage gestellt, aber ich habe auch eine gute Antwort darauf parat.

Du weißt genauso gut wie ich, dass Allah weder auf Kühe angewiesen ist, um Milch oder auf Bienen, um Honig zu erschaffen, noch auf Bäume, um Äpfel zu erschaffen. Wenn Allah es so gewollt hätte, hätte Er den Apfel ohne Baum, die Milche ohne Kuh und den Honig ohne Biene erschaffen.

Hätte Allah es so gewollt, würden die Äpfel urplötzlich zwischen den Gräsern erscheinen.

Wir würden morgens vor unserer Haustür Milchflaschen vorfinden, deren Herkunft uns immer ein Rätsel bliebe.

Und hätte Allah es so gewollt, würde eimerweise Honig vom Himmel regnen …

Aber so macht es Allah nicht.

Alles, was Allah erschafft, bietet Er uns ausnahmslos durch eine Zwischenhand an.

Die Äpfel werden durch Bäume, die Milch durch Kühe und der Honig durch Bienen an uns gesandt.

Aber wieso?

Wieso erschafft Allah auf diese Weise und nicht auf eine andere?

Alles hat seinen Grund!

Zweifellos hat es seinen Grund, weshalb Allah nichts auf dieser Welt einfach so erschafft.

Um Allah in dieser Welt kennenzulernen, schauen wir auf all das, was Er erschaffen hat. Somit verstehen wir, was für ein Schöpfer Er ist.

Hätte Allah die Dinge nicht aus ganz bestimmten Gründen erschaffen, sondern völlig grundlos, könnten wir die Größe Allahs nicht vollends verstehen.

Hätte Allah beispielsweise die Bäume nicht zur Ursache gemacht, um Äpfel zu erschaffen, könnten wir nicht beobachten, wie ein so süßer Apfel am Ast eines Baumes reift.

Wir Menschen können aus einem Stück Holz höchstens Tische, Stühle und Ähnliches machen, wohingegen Allah Früchte aus Holz macht. Dazu auch noch so schöne Früchte, Kirschen, Pflaumen, Birnen …

Ich weiß nicht, ob du es je probiert hast. Probier es mal aus. Beiß in den Zweig eines Kirschbaums und schau, wie er schmeckt! Versuche aber bloß nicht, ihn zu essen! Du wirst nicht nur kein bisschen Kirsche herausschmecken, sondern dazu noch einen bitteren Geschmack im Mund haben. Nun, aber dieses bittere, ungenießbare Stück Holz ist die Ursache für die dir bekannten, schmackhaften Kirschen. Würde Allah diese Früchte nicht aus diesen bitteren Zweigen hervorbringen, könnten wir so ein Wunder nie miterleben und wir könnten die hohe Kunst unseres Schöpfers nicht nachvollziehen.

Wir hätten nie die Gelegenheit zu sagen: „Al-

lah, welch schmackhafte Früchte Du uns aus diesem bitteren, ungenießbaren Holz hervorbringst!".

Nun denk mal an die Milch. Diese süße, weiße Milch, die zwischen Blut, verdautem Gras und Stroh und zuletzt Wasser hindurch tropft …

Wenn Allah die Kuh nicht zur Ursache der Milch gemacht hätte, könnten wir dieses außergewöhnliche Ereignis nicht erleben. Findest du nicht auch, dass die Erschaffung der Milch durch diese seltsamen Ursachen sehr beachtenswert ist? Es ist ein großes Wunder.

„Hol ein wenig Heu, rupf ein wenig Gras, vermische alles mit Wasser und probier mal, ob es nach Milch schmeckt!" Keine Sorge, das war ein Spaß! Sowas werde ich nicht von dir verlangen.

Was sagst du zum Honig? Allah hat ein klitzekleines Insekt wie der Biene, der Er einen giftigen Stachel aufgesetzt hat, zur Ursache des süßen Honigs gemacht.

Wenn du nichts über Honig wüsstest, könn-

test du die je ausmalen, dass er von einem Insekt mit giftigem Stachel gemacht wurde? Glaub mir, das könntest du nicht!

So wie du nicht hättest vermuten können, dass Kirschen aus diesem ungenießbaren Stück Holz wachsen und die schneeweiße Milch aus dem Bauch der Kuh tropft, hättest du auch nie annehmen können, dass Honig von Bienen gemacht wird.

Denken wir jetzt mal an die Vögel. Allah hätte diese außergewöhnlichen Geschöpfe, die am Himmel mit den Flügeln schlagen, mit einem

Mal erschaffen können. Aber dann könnte kein Mensch je sehen, wie aus einem leblosen Ei ein Vogelküken schlüpft. Wir könnten nicht beobachten, wie Allah diese breite Palette an Eiern in Schwalben mit wichtigtuerischen Schwänzen, in Heckenbraunellen, in Tauben mit kupfernen Augen, in Möwen von eleganter Blässe, in atemberaubende Pfauen, in zitronengelbe Kanarienvögel, in Turteltauben und in Hühner wie Eiermaschinen verwandelt.

Denk an all die Lebensmittel, die wir essen. An Weizenähren, Kartoffeln, Brechbohnen und an kleine, runde Erbsen … Lass die Trauben an ihren Reben und die Honig- und Wassermelonen in den Gemüsegärten einmal an deinem innerlichen Auge vorbeiziehen. Für all diese schmackhaften Gaben hat Allah die Erde, das Wasser und die Luft zur Ursache gemacht.

Die Erde, die Luft und das Wasser; diese drei Elemente, die nicht einmal etwas von sich selbst wissen, geschweige denn von uns und den Bedürfnissen unseres Magens wurden als Ursache für all diese Lebensmittel geschaffen.

Lass uns die ungenießbare, dunkle Erde, das Wasser, das überall dorthin fließt, wo man es hinleitet und die Luft einmal genauer betrachten. Lass uns danach über alle Früchte, jedes Gemüse erneut, immer wieder, sogar tausendmal nachdenken. So verstehen wir, welch ein Schöpfer Allah ist.

Falls wir nie gesehen hätten, wie durch diese einfachen Ursachen Wunder geschehen, könnten wir unserem Allah niemals so nahe sein, wie wir es momentan sind. Wir hätten seine Kunst nicht kennenlernen können.

Wie gut, dass es Ursachen gibt.

Dir kommt jetzt sicherlich eine solche Frage in den Sinn:

„Wäre es nicht viel bemerkenswerter und ein größeres Wunder, wenn Äpfel und alle Lebensmittel ganz plötzlich und ohne Ursache mit einem Knall auftauchen würden?"

Das wäre es nicht!

Das erste Mal würde es dich bestimmt überraschen, wenn ein Apfel mit einem lauten Knall aus dem Nichts auftauchen würde. Vor Staunen würdest du wahrscheinlich unheimlich große Augen machen.

Beim zweiten Mal würdest du wieder überrascht über dieses Ereignis sein; jedoch nicht so sehr wie beim ersten Mal.

Beim dritten Mal wärst du wesentlich weniger überrascht und erstaunt.

Beim vierten Mal noch weniger …

Die Tatsache, dass ein Apfel vor deinen Augen mit einem Knall erschaffen wird, würde dich beim hundertsten Mal fast gar nicht mehr in Staunen versetzen. „Das läuft nun mal so. Wie auch immer“, würdest du sagen. Es würdest dich überhaupt nie interessieren, wie Allah einen Apfel erschafft und weil es dich nicht interessieren würde, würdest du es nie wissen, nie erfahren oder sehen.

Dabei wird die Frage „Wie erschafft Allah einen Apfel?“ in jedem Frühjahr aufs Neue beantwortet, wenn man nur beobachtet, wie die trokkenen Äste jeden Frühling erneut zum Leben erwachen, Blätter und Blüten tragen und wie an diesem trockenen Holz ganz langsam und Schritt für Schritt prachtvolle Äpfel wachsen, die Allah etappenweise erschafft.

Wie gut, dass es Ursachen gibt.

Dafür gibt es ja auch Gründe. Wir sollen die unvergleichliche Kunst unseres Schöpfers sehen und Schritt für Schritt beobachten. Denn all diese schönen Dinge, all diese Wunder-Früchte wachsen aus Holz, aus dem Euter der Kuh fließt Milch, winzige Bienen machen Honig – all das gibt uns über die Kunst unseres Schöpfers kund. Es verhilft uns dazu Ihn besser zu kennen.

Der Gesandte des Sultans

Dir ist ja auch bekannt, dass Sultane, wenn sie jemandem ein Geschenk machen wollen, dieses einem Bediensteten geben und der Person auf diese Weise zukommen lassen. Denn es würde dem Ruhm eines riesigen Sultans Abbruch tun, wenn dieser das Geschenk eigenhändig überreichen würde.

Es war einmal ein Mann. Er war arm und wusste nicht mehr weiter. Eines Tages klopfte es an seiner Tür. Der Mann öffnete sie und was sollte er da sehen! Einen Fremden mit ganz verschiedenen Geschenken in der Hand. Eine seltsam gekleidete, merkwürdige Person!

Der arme Mann war verwundert und fragte:

„Wer bist du denn, mein Herr?"

Der andere Mann antwortete:

„Ich bin der Gesandte des Sultans. Er hat mir befohlen dir diese Geschenke aus seinen Reichtümern zu geben. Nimm sie an und nutze sie für deine Bedürfnisse!"

Der Arme freute sich so sehr darüber, dass er

sich zu Füßen des Gesandten warf. Er umarmte ihn, küsste seine Hände und Füße und sogar den Saum des prachtvollen Kaftans. Er bedankte sich, lobpreiste und sagte noch viele weitere schmeichelnde Worte.

Der Gesandte allerdings entgegnete:

„Guter Mann! Was machst du denn da? Ich bin nur ein Gesandter. Die eigentliche Person, bei der du dich bedanken musst, ist der Sultan.

Bedanke dich beim Sultan und mache ihm diese schmeichelnden Worte. Gedenke seiner Reichtümer, erzähle von seiner Freigiebigkeit. Ehre ihn und gehorche ihm! Diese wertvollen Geschenke kommen nicht von mir, sondern nur von ihm."

Der arme Mann war schlau und sammelte sich deshalb, nachdem er diese Worte gehört hatte. Er stand sofort auf und sagte zum Gesandten:

„Bravo! So muss ein Gesandter sein. Ich wusste vor Freude nicht, was ich tat. Du hast mich wachgerüttelt. Hätte ich mir diese Geschenke einmal richtig angesehen, wäre ich von alleine darauf gekommen, dass das nicht deine Besitztümer sein können. Natürlich verfügt ein Gesandter wie du nicht über so viel Reichtum, dass er diese Geschenke vergeben kann. Diese Dinge stammen aus den Reichtümern des Sultans.

Natürlich zeige ich auch dir meine Ehrerbietung und meinen Dank. Aber der, den ich in erster Linie preisen muss, ist der Sultan. Von nun an werde ich nur noch seine Reichtümer loben und von seiner Freigiebigkeit berichten.

Ich werde seinen Namen Tag und Nacht erwähnen und all meine Bedürfnisse an ihn richten.

Außerdem werde ich von nun an davon ausgehen, dass jede Gabe, dir mir überreicht wird, vom Sultan stammt.

Denn dieses ganze Land, diese Berge, dieser Himmel und alles was dazwischen ist, gehört jenem freigiebigen Sultan."

Danach klopfte der Gesandte wieder mit verschiedensten, wertvollen Geschenken an die Tür eines anderen armen Menschen und überreichte ihm, genauso wie dem Mann zuvor, die Geschenke des Sultans.

Dieser arme Mann machte es seinem Vorgänger gleich und küsste Hände und Füße des Gesandten und sagte ihm alle möglichen schmeichelnden Worte.

Der Gesandte jedoch ermahnte auch diesen Mann und wies ihn zurecht. Er erklärte, dass die Geschenke nicht aus seinem eigenen Besitz stammten, sondern er sie aus den Reichtümern des Sultans genommen und hergebracht hätte. Dieser arme Mann war im Vergleich zu seinem Vorgänger nicht so schlau. Er entgegnete ohne nachzudenken:

„Von welchem Sultan sprichst du? Ich habe die Tür geöffnet und dich gesehen. Wenn es wirklich einen Sultan gäbe, hätte er sein Geschenk selber gebracht.

Ich habe diese kostbaren Sachen in deiner Hand erblickt. Ich weiß von niemand anderem und bedanke mich auch bei niemand anderem als bei dir. Wenn ich nicht auf das vertrauen kann, was ich mit meinen eigenen Augen sehe, worauf dann? Es gibt keinen Sultan!"

Das war die Geschichte. Mal sehen, welche Lehre wir daraus ziehen können.

Die Bäume, durch deren Ästen uns die verschiedensten Früchte gereicht werden, sind wie dieser Gesandte. Allah, mit Seiner unendlichen Gnade, lässt uns die vielfältigen schmackhaften Gaben aus seinen Reichtümern auf eben solchem Wege zukommen.

Ein Teil der Menschen macht es dem ersten Mann gleich und erkennt und preist Denjenigen, von Dem diese Geschenke tatsächlich kommen.

Ein anderer Teil hingegen sagt:

„Ich sehe keinen Sultan oder Ähnliches! Ich sehe diese Bäume. Die Früchte werden von diesen Bäumen gemacht. Das ist ein Prozess der Natur." Und wie der Mann in der Geschichte, wollen sie nur den Gesandten sehen und an die Gesandten glauben. Sie wollen nichts von dem eigentlichen Besitzer und Absender dieser Gaben, von Allah, wissen und glauben nicht an Ihn.

Dabei ist unser Herr, der Herrscher, Schöpfer und Sultan über alle Welten, Er beschenkt uns mit zahllosen Gaben durch allerlei verschiedene Ursachen.

Genau wie uns der Gesandte in der Geschichte sagt: „Bedanke dich beim Sultan und mache ihm diese schmeichelnden Worte. Gedenke seiner Reichtümer, erzähle von seiner Freigiebigkeit. Ehre ihn und gehorche ihm! Diese wertvollen Geschenke kommen nicht von mir, sondern nur von ihm", sagen uns die Bäume, die eine der vielen Ursachen sind, Folgendes:

„Ich bin der Zweig eines Baumes. Ein einfaches Stück Holz. Meine Wurzeln stecken in dunkler Erde. Ich nehme nichts anderes zu mir als Schlammwasser!

Ich besitze weder Verstand noch irgendwelche Fertigkeiten. Außerdem weiß ich nichts über euch, was ihr mögt, wie euer Magen und euer Mund aussieht.

Ich weiß nicht, welche Vorteile ihr durch diese Früchte, die an meinen Ästen wachsen, habt.

Ich habe keine Ahnung, was es mit Geschmack, Gerüchen, Farben, Formen, Schalen, Mark, Kernen oder Vitaminen auf sich hat.

Es ist unmöglich für mich, das alles zu machen. Ich bin nur eine Ursache.

Beschützt mich, passt auf mich auf und behandelt mich gut. Aber bedankt euch nicht bei mir!

Diese Früchte, diese Kirschen, Granatäpfel und Äpfel … Die kann ich nicht erschaffen.

Es sind Geschenke, die Allah euch durch mich überreicht. Preist Ihn, bedankt euch bei Ihm, lobt Ihn und gedenkt seiner unvergleichlichen Freigiebigkeit.

Vergesst niemals euren Schöpfer, Der euch mit so schönen Früchten versorgt.

So wie ein Drachen, der an meinen Ästen hängenbleibt und sich festklammert, dürft ihr euch nicht an mir festklammern …“

„Und Wir lassen euch da mit Palmen- und Rebgärten gedeihen, in denen ihr reichlich Früchte habt, von denen ihr esst […]”

(Sura Al-Muminun, 19. Ayat)

“So brachte der Mensch doch einmal seine Nahrung! Siehe, Wir gossen das Wasser in Strömen aus. Dann spalteten Wir die Erde vielfach und ließen auf ihr Korn wachsen und Reben und Pflanzen- und Ölbäume und Palmen, und dicht bepflanzte Gärten und Früchte und Gras als Versorgung für euch und euer Vieh.”

(Sura ‘Abasa, 24.-31. Ayat)

„Allah erschafft“ und was macht die Natur?

Ich habe das Wort „Natur“ zum ersten Mal zum Ende des vorangegangenen Kapitels hin benutzt. Dabei hören wir das Wort ziemlich oft, nicht wahr?

Beispielsweise in Dokumentationen:

„Eine der faszinierendsten Dinge, die Mutter Natur leistet, sind die Flugtechniken der Vögel!

Mutter Natur hat diesen Vögeln so tolle Flügel gegeben; das könnt ihr euch nicht vorstellen! Es sind ja nicht nur die Flügel: Mutter Natur hat diese Flügel mit so tollen Federn ausgestattet, das glaubt man kaum …

Es sind ja nicht nur die Federn: Mutter Natuuuuur …“

ZEYTİN
YAĞI
ZEYTİN
YAĞI

Beispielsweise in der Werbung:

„Dieses Olivenöl ist wirklich ein Wunder der Natur! Essen Sie reichlich davon!

Dieses Wunder der Natur wird Ihnen sehr gut bekommen.

Darüber hinaus ist unser Öl preiswert und von besonderer Qualität. Das Öl der anderen Firma ist teuer und schmeckt wie Motoröl!

Wir haben Sie vorgewarnt …

Olivenöl – ein Wunder der Natur!"

Beispielsweise in der Schule, im Erdkundeunterricht:

„Aaalso Kinder, heute werden wir ein Naturphänomen, und zwar die Entstehung des Regens, genau unter die Lupe nehmen. Davor kommt aber noch ein anderes Naturphänomen, das Gewitter, dran …

Ist ja logisch! Zuerst gibt es ein Gewitter und dann fängt es an zu regnen.

Echt unglaublich, was die Natur so alles leistet, Mensch!"

Beispielsweise in manchen Wissens-/Natur-/Geographie-/Entdeckungs- und Abenteuerzeitschriften:

„Ein anderes Wunder der Natur sind die hüpfenden Spinnen. In dieser Ausgabe unserer Zeitschrift werden wir Ihnen die merkwürdigsten Geheimnisse der Natur vorstellen!

Schauen Sie sich beim Lesen auch die Bilder an! Diese Bilder haben wir abgebildet, damit sie mit eigenen Augen die Wunder der Natur sehen können. Sie sind also nicht umsonst abgebildet.

Kellerasseln, Kängurus, Schnabeltiere …

So viele seltsame Kreaturen und Kriechtiere es auch gibt; einfach alle …

Lesen Sie aufmerksam und erfahren Sie die Geheimnisse der Natur!“

Beispielsweise in den Reden vieler Professoren, die oft in den Nachrichten zu sehen sind:

„Wenn man die Strukturen der von der Natur gegebenen Gesetze genau betrachtet und die evolutionären Gegebenheiten hinterfragt, so kommt man zu dem Schluuuss, daaass …“

Beispielsweise in Zeitungsartikeln:

„Unser ehrenvoller Sprecher hat in seiner Rede Folgendes gesagt:

Lassen Sie uns die unvergleichlichen Gaben, mit der uns die Natur beschenkt, besser schätzen lernen!

Lassen Sie uns die Natur schützen, lieben und ihr danken. Entzünden Sie das Feuer der Liebe für die Natur in sich.

Sehen Sie doch wie sehr uns Mutter Natur liebt! Meine liebste Mutter! Du hast mich erschaffen!“

Wow! Kaum zu glauben, was die NATUR so alles auf dem Kasten hat!

Aber mal ernsthaft:

Was ist die Natur eigentlich?

Man nennt sie Mutter und so muss sie ziemlich alt sein. Sollten wir sie etwa Großmutter nennen?

Was hältst du von Oma Natur?

Hast du eine Ahnung? Was genau ist die Natur?

Was ist die Natur?

Jeder weiß, dass wenn die Rede von der NATUR ist, man darunter den Himmel, die Meere, die Wälder, die Erdkruste, Ebenen, Täler, Schluchten, Berge, Weinberge, Gärten …

Vögel, Insekten, Pferde, Kühe, Elefanten, Frösche, Fische …

Bäume, Zweige, Früchte, Samen, Blumen, Sprosse …

Regen, Schnee, Wolken, Blitze und Donner …

Erde, Sand, Steine, nackte Felsen …

Uns würde noch Etliches mehr einfallen, dass nicht in tausend Bücher passen würde, wenn wir versuchten alles aufzuzählen. Die NATUR ist diese Erde, die uns ringsherum umgibt.

Es ist aber so, dass in den Beispielen, die ich vorhin genannt habe, die Natur so geschildert wird, als wäre sie ein Wesen außerhalb dessen.

„Ein Wunder der Natur",
„Mutter Natur",
„Die Gesetze der Natur",
„Die Natur hat das geschafft",
„Das Werk der Natur",
„Die Wirkung der Natur".

Diese Ausdrücke klingen, als würde man von einer Person sprechen. Als gäbe es jemanden, der Natur heißt, Mutter Natur – oder wie auch immer – die wunderliche Dinge vollbringt und Gesetze aufstellt.

Da stimmt irgendetwas nicht; mal sehen, wo der Fehler liegt.

Würde ich dich fragen: „Wer hat dieses Gemälde gemalt?", könntest du antworten: „Der Maler XY!"

Und wenn ich dich fragen würde: „Wer hat dieses Buch geschrieben?“, könntest du entgegnen: „Na, der Schriftsteller, der dort drüben sitzt!“

Aber unter keinen Umständen könntest du sagen:

„Niemand hat es gemacht! Das Gemälde hat sich von alleine gemalt und das Buch hat sich auch von allein geschrieben.“ Denn es ist weder möglich, dass ein Gemälde von alleine entsteht, noch kann ein Text sich von Geisterhand schreiben …

Ich weiß, dass du verstehst, was ich meine. Aber es ist so wichtig, dass ich es mit noch einem weiteren Bespiel verdeutlichen will.

Schreiben wir hier einmal das Wort VOGEL hin. Daneben malen wir einen Vogel. Danach stellen wir unsere Frage:

Wer hat das geschrieben? Wer hat das Bild gemalt?

Antwort:

Der Schriftsteller hat geschrieben und der Maler hat gezeichnet!

Und wessen Werk ist der kleine Vogel, der sich vorhin auf die Fensterbank gesetzt hat?

Wenn es für das Wort „Vogel" einen Autoren und für das Bild eines Vogels einen Maler geben muss, dann kann dieser klitzekleine Spatz da draußen auch nicht von alleine entstanden sein und herumfliegen, oder nicht? Er muss auch jemandes Werk sein.

Nein, gib nicht sofort eine Antwort!

Warte noch und lass uns gemeinsam ein Detektiv-Spiel spielen.

In der Mitte, oder besser gesagt draußen, ist ein Vogel. Wir werden prüfen, wessen Werk dieser Vogel ist. Als erstes zählen wir wie ein echter Detektiv alle Möglichkeiten auf:

1- Er ist von alleine entstanden.

2-Er ist zufällig entstanden.

3-Mutter Natur hat ihn gemacht.

4-Dieser Vogel ist ein Geschöpf Allahs Lebewesen.

Fällt dir noch eine andere Möglichkeit ein? Ich glaube, es gibt außer diesen vier Möglichkeiten keine weiteren.

Dann lass uns jede einzelne doch nach ihrer Stichhaltigkeit prüfen. Mal sehen, welche zutrifft.

1-Er ist von alleine entstanden

Mit dieser Möglichkeit halten wir uns nicht lange auf! Hast du schon einmal etwas gesehen, das von allein entstanden ist? Ist es schon vorgekommen, dass sich auch nur ein Buchstabe von selbst in dein Heft geschrieben hat?

2-Er ist zufällig entstanden

Diese Möglichkeit fast so unbrauchbar wie die vorhergehende Theorie, dass er von alleine entstanden ist. Zu behaupten, er sei zufällig entstanden, ist so als würde man sagen, dass die Farbbüchsen, Pinsel und Blätter auf diesem Tisch da durch einen plötzlichen Windschub Eigenleben entwickelten, nachdem sie ganz ruhig nebeneinander gelegen hatten. (Ich frage gar nicht erst, wer sie dort hingelegt hat!) Zuerst wurden die Pinsel durch diesen Wind in Bewegung gebracht. Mit ihren wallenden Borsten legten sie sich ganz zufällig neben die Farben. Der Wind wehte weiter. Die Deckel der Farbbüchsen öffneten sich ganz langsam und allmählich. Das alles hat ca. 5 Millionen Jahre gedauert.

Nach 6 Millionen Jahren begangen die Pinsel zufällig damit sich in die Farben zu tunken. Das hat ein paar weitere Millionen Jahre gedauert.

Nachdem die Pinsel zufällig in jede Farbe getaucht waren, haben sie sich im 7-millionensten Jahr zufällig auf weißem Papier wiedergefunden. Von diesem Moment an sind noch eine halbe Million Jahr vergangen. Und wer mag es glauben! Rein zufällig haben die Pinsel einen riesigen Vogel aufs Papier gebracht. Welch ein Zufall: Das ist ein Pfau!

Ich weiß, ich muss nichts weiter dazu sagen, aber das, was man EVOLUTIONSTHEORIE nennt, ist genauso etwas. Den Evolutionstheoretikern zufolge sind Vögel und alle anderen Lebewesen durch eine Kette von Zufällen, die über Millionen Jahre geschahen, entstanden!

Es ist kaum zu glauben, aber ein Teil der

Menschheit bevorzugt es statt an Allah, an die Evolution zu glauben. Und das, wovon sie behaupten, dass es zufällig entstanden ist, kann nicht im Geringsten verglichen werden mit einem auf ein Blatt Papier gekritzelten Pfau. Echte Pfauen mit tausenden kunterbunten Farben, Albatrosse mit halsbrecherischen Flugtechniken, Schwalben, Adler … Einfach alle Lebewesen, die diese Erde bereichern …

Ach, und wir Menschen sind nach deren Meinung natürlich auch zufällig entstanden! Vor Milliarden von Jahren sind wir aus ein, zwei Amöben oder Ähnlichem, die sich in einer Wasserpfütze bewegt und gezuckt, geteilt und vermehrt haben, entstanden.

Wer's glaubt!

3-Mutter Natur hat ihn gemacht

Wenn man dir erzählen würde, dass der Autor dieses Buches – ich also – blind und taub sei, würdest du dich sehr wundern, nicht wahr?

Und was, wenn man dir sagen würde, dass ich blind, taub und nicht bei Verstand sei!?

Und als würde das nicht reichen; dass ich im Koma läge. Oder besser noch; dass ich bereits tot gewesen bin, als ich das Buch geschrieben habe … Was würde dir durch den Kopf gehen?

Natürlich würdest du kein Wort davon glauben. Diese Behauptungen würden dir unsinnig vorkommen. Es ist millionenfach unsinniger zu behaupten, dass unser Vogel von Mutter Natur erschaffen wurde. Denn der Vogel ist vom Schnabel bis zu den Federn ein außergewöhnliches Geschöpf. Er ist nicht so einfach gestrickt wie dieses Buch hier, das aus einer bestimmten

Reihenfolge von Buchstaben besteht.

Aber die Natur ist blind, taub, ohne Verstand und tot. Denn die Grundelementen Erde, Luft und Wasser, aus der die Natur besteht, verfügen über kein Seh- oder Hörvermögen, keinen Verstand und kein Leben.

Ein Vogel hingegen verfügt über all das. Dann kann es nicht die Natur sein, die dem Vogel das alles gegeben verliehen hat.

Fragen wir einmal diejenigen, die trotz dieser ganzen Erklärungen noch darauf bestehen, dass Vögel ein Werk der Natur sind:

Gehen wir mal davon aus, dass Mutter Natur die Vögel gemacht hat. Was ist mit Fischen, Austernmuscheln, Korallenriffen?

Die Natur!

Und die Meere, Berge, Ebenen und Bäche?

Die Natur!

Die Wälder, Bäume, Früchte und Blumen?

Die Natur!

Die Gazellen, Zebras, Hirsche, Elefanten …

Die Natur!

Alles und jeden auf dieser Welt?

Die Natur!

Die Sterne am Himmel, die Planteten und die Sonne?

Die Natur! Die Natur! Die Natur!

Die Atmosphäre, die Wolken, den Regen, den Regenbogen, die Schneeflocken?

Die Na-tur!

Schön und gut, aber die Natur besteht doch aus all diesen Dingen.

Wenn du NATUR sagst und von etwas außerhalb dieser Dinge, die ich aufgezählt habe, sprichst, dann, mein Freund, darfst du nicht „Die Natur, die Natur", sondern ALLAH, unser SCHÖPFER, sagen!

Wenn du behauptest, dass die Natur getan, die Natur geschaffen, die Natur kreisen lassen, die Natur angehalten, die Natur vergrößert, verkleinert, verlängert … hat, dann kannst du vielleicht dich selbst belügen, aber uns niemals!

Ich werde dir jetzt eine Ayat vorlesen, hör gut zu:

„Erschaffen hat Er die Himmel ohne sichtbare Säulen. Und Er stellte festgeründete Berge auf die

Erde, damit sie nicht mit euch wanke. Und Er verteilte allerlei Getier über sie. Und vom Himmel senden Wir Regen herab und lassen auf ihr allerlei Lebewesen gedeihen. Dies ist Allahs Schöpfung! Und nun zeigt mir, was jene (Götter) neben Ihm erschufen? Nein, die Ungerechten sind in offenbarem Irrtum."

(Sura Luqman, 10.-11., Ayat)

Wie du also siehst, ist es weder möglich, dass dieser winzige Vogel von alleine, noch durch Zufall oder von der Natur durch Zufall und von alleine erschaffen wurde.

Du musst momentan bestimmt viele Mehrfachauswahlfragen beantworten; wenn du dir sicher bist, dass drei aus vier Antwortmöglichkeiten falsch sind, dann musst du nicht mehr daran zweifeln, ob die vierte richtig ist. Was war nochmal die vierte Möglichkeit?

4- Dieser Vogel ist ein Geschöpf Allahs

Markiere das schnell!

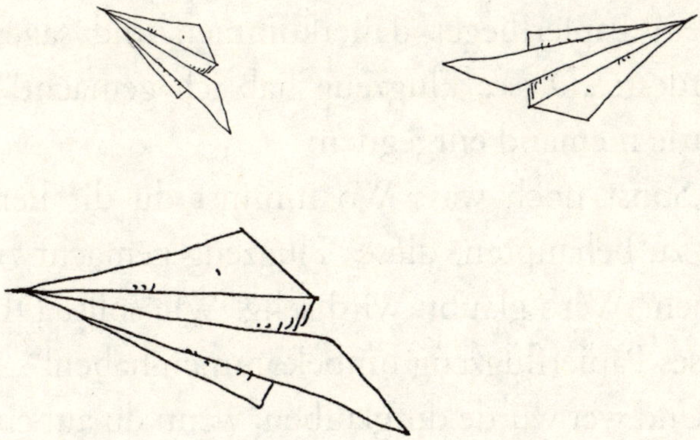

„Sehen sie denn nicht die Vögel über sich ihre Schwingen ausbreiten und wieder falten? Nur der Erbarmer stützt sie; Er ist fürwahr aller Dinge gewahr." (Sura Al-Mulk, 19. Ayat)

Kann die Natur ein Ei fliegen lassen?

Ich war gerade dabei mit dem Vogel-Problem abzuschließen, als mir eine Frage eingefallen ist. Daraufhin habe ich versucht eine Antwort zu finden.

Ich finde, das solltest du auch lesen:

Kannst du einen Papierflieger falten? Ich

denke schon, dass du das kannst. Wenn du mit einem Papierflieger daherkommen und sagen würdest: „Dieses Flugzeug hab ich gemacht!“, würde niemand entgegnen:

„Sonst noch was? Wo nimmst du dir heraus zu behaupten, dieses Flugzeug gemacht zu haben? Wer's glaubt, wird selig! Wie sollst DU dieses Papierflugzeug hinbekommen haben!“

Und wer würde dir glauben, wenn du auf ein richtiges

Flugzeug zeigen und behaupten würdest: „Dieses Flugzeug hab ich gemacht!“

Natürlich niemand. Denn du bist nicht in der Lage ein richtiges Flugzeug zu bauen. Dein Wissen, deine Kraft und deine Macht reichen nicht aus, um ein richtiges Flugzeug zu bauen. Während so wenige Länder auf dieser Erde Flugzeuge bauen können, würde dir niemand glauben, dass du selbst eines gebaut hast.

Man würde dich auslachen. Würdest du weiterhin darauf beharren und die Situation nicht auflösen, indem du sagtest: „War doch nur Spaß!“, dann würde man dich früher oder später zu einem Arzt schicken. Man würde berechtigterweise denken, du hättest den Verstand verloren.

Obendrein würden sich die echten Erbauer des Flugzeugs über deine Behauptung ärgern und schimpfen: „Schaut euch diesen Dreikäsehoch an! Er versucht einen Anspruch auf unser Flugzeug geltend zu machen. Wie sollst DU dieses Flugzeug hinbekommen haben?“

Du kriegst höchstens ein Papierflugzeug hin. Du kannst unter keinen Umständen ein echtes Flugzeug bauen, denn:

Um ein echtes Flugzeug zu bauen, fehlen dir das nötige Fachwissen, die Fähigkeiten, das Geld und die Kraft.

Im besten Fall kannst du das Bild eines echten Flugzeugs zeichnen. Und nicht mal das – seien wir ehrlich – würde dem Original ähneln.

Hast du schon einmal ein Flugzeug gemalt? Mein Sohn möchte manchmal, dass ich ihm eines male; und das tue ich dann auch. Am Ende sieht es so schrecklich aus, dass es meinem Sohn genauso wenig gefällt wie mir. Er sagt dann:

„Was ist das denn für ein Flugzeug!“

Wer kann denn nun ein echtes Flugzeug bauen?

Große Länder, reiche Länder und Länder, deren Technologie weit entwickelt ist, können Flugzeuge bauen, was sie ohnehin tun. Würden sie daherkommen und sagen:

„Dieses Flugzeug haben wir gemacht.“, dann würde niemand entgegnen: Sonst noch was? Wo wollt ihr das Flugzeug denn gemacht haben?“

Denn:

Sie verfügen über das nötige Wissen, über die Fähigkeiten, das Geld und die Kraft, um ein Flugzeug zu bauen.

Heißt das, dass die Länder, die echte Flugzeuge machen, auch echte Vögel machen könnten?

Zum Beispiel eine Taube, einen Albatros, eine Möwe, eine Eule, einen Flamingo, eine Ente, eine Gans, einen Schwan …

Was meinst du? Das könnten sie nicht, oder?

Selbst wenn sich alle zusammentun und ihr ganzes Wissen, ihre Fähigkeiten, ihr ganzes Geld und all ihre Kraft vereinen würden, könnten sie keinen echten Vogel machen.

Sie könnten noch nicht mal den echten Flügel eines echten Vogels machen.

Sie könnten nicht mal eine echte Feder, die zu einem echten Flügel gehört nachmachen.

Sie könnten keine einzige Möwe schaffen, die sich im Wind dahingleiten lässt.

Sie könnten niemals einen kleinen Spatz machen, der am blauen Himmel mit den Flügeln schlägt und dabei fröhliche Lieder zwitschert und von einem Ast auf den anderen hüpft, wie es ihm beliebt. So ein Flugzeug könnten sie auch nicht bauen. Denn auch wenn es technologisch sehr weit entwickelte Flugzeuge gibt, können sie noch lange nicht so gut fliegen wie ein Spatz.

Als einfachstes Beispiel: Sie können weder starten noch landen, wo sie wollen. Ich fange gar nicht erst davon an, wie viel Lärm und Schmutz sie beim Fliegen verursachen, wie viele Tonnen Kraftstoff sie verbrauchen und davon, dass sie gelegentlich abstürzen ...

In Sachen Fliegen kann keiner den Vögeln

das Wasser reichen …

Leute, die Flugzeuge bauen, können also keine Vögel machen. Wenn das so ist, kann es dann möglich sein, dass die Natur, die nichts sieht, nichts hört und weder Verstand noch Leben besitzt, zusammen mit dem Zufall in der Lage ist Vögel zu erschaffen?

Die Natur soll einen Vogel, der am Himmel mit den Flügeln schlägt, aus einem Ei hervorbringen können?

Zufälle sollen einen Adler mit prachtvollen Flügeln aus einem Ei hervorbringen können?

Ein Kanarienvogel, der die schönsten Lieder auf Erden singt, soll ganz von allein entstanden und von allein aus dem Ei gekommen sein?

Die sogenannte Mutter Natur soll einen Pfau, dessen Schwanz in die schönsten Farben auf Erden getaucht ist, aus einem Ei hervorbringen können?

Kann es sein, dass ganz von allein aus dem einen Ei eine Ente, aus dem anderen ein Huhn und aus wieder einem anderen ein Storch schlüpft?

Ist es möglich, dass in den dunklen Tiefen eines Eis der Schnabel einer Ente und der Schnabel eines Storchs sich per Zufall völlig unterschiedlich entwickeln?

Würden sich die Krallen des Adlers und die Ruder der Ente nicht miteinander vermischen? Sorgt etwa die Natur dafür, dass so etwas nicht passiert?

Sowas können nur diejenigen glauben, die dumm genug sind, Zauberern den Trick mit dem Kaninchen aus dem Zylinder abzukaufen.

Die Wahrscheinlichkeit, dass ein Küken per Zufall von alleine aus einem Ei schlüpft, ist in etwa genauso hoch wie die Wahrscheinlichkeit, dass ein Zauberer tatsächlich ein Kaninchen aus seinem Zylinder hervorholt. Na gut, geben wir den Leuten, die sowas glauben, eine Chance.

Wenn eines Tages ein Flugzeug durch eine Folge von Zufällen ganz von alleine und selbstständig auf einem Schrottplatz mit alten Maschinenteilen entsteht, sollten wir alles nochmal gut überdenken!

Aber wir müssen uns auch davon überzeugen, dass das Flugzeug lebendig ist, ohne Pilot von alleine fliegt und landet, beim Flug Lieder singt und ein Nest mit vielen Eiern hat, aus denen kleine Flugzeuge schlüpfen werden!

Ach was! Das wäre wirklich ungerecht ihnen gegenüber!

Es würde schon ausreichen, wenn ein Flugzeugcockpit, das zehntausendmal einfacher gestrickt ist als das Gehirn einer Taube, von alleine entstehen würde! Das ist auch schon zu viel, sagst du?!

Dann soll ein Flugzeugmotor von alleine entstehen, welcher viel gewöhnlicher und einfacher ist als das Herz einer Schwalbe, welche jedes Jahr tausende Kilometer im Fliegen zurücklegt … Das ist auch schon zu viel?

Dann soll eben ein Flugzeugflügel, der im Vergleich zu einem Vogelflügel grauenerregend erscheint, entstehen. Er soll sich durch die Gesetze der Natur verwandeln und wie durch Zufall entstehen.

Dann erst können wir sagen: „Na, wenn das geschehen konnte, dann wird das wohl auch mit Vögeln gehen!“

Solange sie so etwas weder sagen noch auf etwas Ähnliches zeigen können, sollen sie still sein und uns in Frieden lassen, während wir dem Gesang einer winzigen Nachtigall lauschen, die damit jeden Morgen die Sonne grüßt.

„...Siehe, darin sind wahrlich Zeichen für gläubige Leute.”

(Sura Al-An'am, 99. Ayat)

Der Ugurböcegi Verlag ist ein Unternehmen der Zafer Verlagsgruppe.
Mahmutbey Mh. Deve Kaldırımı Cd. Gelincik Sk. No: 6 Bağcılar- İstanbul,Türkiye
Tel: (0 212) 446 21 00, Fax: (0 212) 446 01 39
http://www.zaferyayinlari.com e-mail: zafer@zaferyayinlari.com